黑刀

검은별

허담 新무협 판타지 소설

FANTASTIC ORIENTAL HEROES

검은 별 5

허담 新무협 판타지 소설

초판 1쇄 찍은 날 § 2015년 1월 14일
초판 1쇄 펴낸 날 § 2015년 1월 21일

지은이 § 허담
펴낸이 § 서경석

편집부장 § 권태완
편집책임 § 박가연

펴낸곳 § 도서출판 청어람
등록번호 § 제387-1999-000006호
등록일자 § 1999. 5. 31
어람번호 § 제2-2563호

주소 § 경기도 부천시 원미구 부일로 483번길 40 서경B/D 3F (우) 420-822
전화 § 032-656-4452 팩스 § 032-656-4453
http://www.chungeoram.com
E-mail § chungeorambook@daum.net

ISBN 979-11-04-90059-4 04810
ISBN 979-11-316-9247-9 (세트)

墨刀

검은별

5
유령문

허담 新무협 판타지 소설

FANTASTIC ORIENTAL HEROES

청어람
도서출판

제1장 만화도(萬花島)   7

제2장 새벽을 열어야 하는 자   37

제3장 환골   67

제4장 화인 노송의 무(武)   99

제5장 일 년, 그리고 대란(大亂)   129

제6장 파천이세   159

제7장 새벽을 여는 별   189

제8장 옛 주인   219

제9장 화공   251

제10장 귀향, 그리고 폭풍전야   281

제1장

만화도(萬花島)

궁비영은 어쩌면 정말 죽은 건지도 모르겠다고 생각했다. 눈앞에 펼쳐진 광경을 보니 더욱 그런 생각이 들었다. 그를 데려온 면사 여인은 저승으로 이어진 죽음의 바다를 건네주는 뱃사공일지도 몰랐다.

그러나 저승치고는 너무나 아름답지 않은가. 천지가 꽃이요, 꽃 아닌 곳이 드문 섬이다.

'지옥은 아닌 것 같고, 죽었다면 천국인데, 죽지는 않았다고 하니 신기한 일이다. 하긴 내가 죽어서 지옥으로 갈 일을 한 것은 없는 것 같기도 한데……'

"흐흐!"

스스로도 잡생각이란 생각이 들었는지 궁비영은 실소를 흘렸다.

"왜 웃소?"

앞에서 면사 여인이 궁비영을 돌아봤다. 깨어난 이후 삼 일 동안 배를 함께 타고 오면서도 그녀의 얼굴을 보지 못한 궁비영이다.

배는 해가 지면 이름 없는 무인도를 찾아들었다. 무인도에 도착하면 그녀는 궁비영을 홀로 남겨두고 어디론가 떠났다가 아침이 밝으면 다시 돌아와 바다로 나왔다.

그런 그녀의 행동에 궁비영은 큰 불만이 없었다. 설혹 불만이 있다고 해도 그녀의 행동을 거부할 상황도 아니었다. 궁비영의 몸은 어린아이보다도 더 약하게 변해 있었던 것이다. 아니, 흡사 죽기 직전의 노인과 같다는 것이 더 어울렸다.

선천지기를 끌어 쓴 대가는 혹독했다. 온몸에서 생기가 사라져 뼈만 남은 몸으로 변해 있었다.

약간 남은 근육은 힘을 잃었다. 여인이 거친 바다를 홀로 노를 저어 가는 데도 그 노를 건네받을 힘이 없었다. 그러니 그녀가 하는 대로 따르는 수밖에 다른 도리가 없는 궁비영이었다.

더군다나 면사 여인은 고강한 무공을 지니고 있는 것이 분명했다. 삼 일 동안 노를 젓고도 지친 기색이 보이지 않았다.

"아, 뭐… 그냥 쓸데없는 생각을 좀 했소."

궁비영이 뒤늦게 대답했다. 그런 궁비영을 잠시 바라보다가 면사 여인이 꽃으로 가득한 섬을 가리키며 말했다.

"저 섬이오."

목적지에 다 왔다는 의미다.

"무슨 섬이오?"

궁비영이 짧게 물었다. 그러자 면사 여인이 잠깐 망설이는 듯하다가 입을 열었다.

"이름은 만화도(萬花島), 유령문의 뿌리가 있는 곳이오."

"유령문!"

궁비영의 눈이 크게 떠졌다. 유령문이라니? 여인이 유령문 사람일 거라고는 생각지도 못한 궁비영이다.

"어떻게 유령문이……?"

"화룡선은 동정호를 떠났으나 유령사들은 동정호를 떠나지 않았소. 우린 소남원을 살피고 있었소. 당연히 그대의 처지도 알고 있었소."

"날 구하는 것은 위험한 일이었을 텐데……."

오죽노가 이끄는 고수들이 그를 추격하고 있었다. 그런 상황에서 물속에서 가면 상태에 들어간 궁비영을 구해내는 것은 유령문으로서도 큰 위험을 감수해야 하는 일이었다.

"그리 어렵지 않았소. 탈출은 그대가 한 것이니까. 그대가 장강의 본류로 들어온 이후 구천맹의 추격은 멈췄소."

"날 어떻게 찾았소? 그 넓은 장강에서."

가면 상태에서 죽은 시체처럼 장강에 쓸려 들어간 사람을 찾는다는 것은 거의 불가능한 일이다.

"천우신조랄까. 정신을 잃은 상태에서 그대가 어떻게 청령주를 깨웠는지 모르겠지만 청령주의 빛이 하늘로 솟구쳐 그대의 위치를 유령사들에게 알려주었소. 아무튼 자세한 이야기는 나중에 합시다."

청령주라면 과거 사천 성도에서 유령문의 사람인 백의 문사에게 받았던 물건이다.

가면 상태에 들어가기 전 지푸라기라도 잡는 심정으로 손에 쥐고 있던 것인데, 그 구슬이 자신을 살린 것이다.

그런데 푸른 구슬은 진기를 주입해야 빛을 내는데 단지 쥐고 있는 것만으로 어떻게 빛을 발한 것일까.

'사람 목숨은 하늘에 달렸다더니 과연 그런 것인가?

궁비영이 이 기이한 행운을 신기해하는 사이, 배가 어느새 섬의 깊은 안쪽까지 들어갔다.

섬에서 흘러나온 작은 물줄기가 바다로 흘러 들어가는 지점에 작은 접안대가 있고, 그 위에서 두 명의 흑의인이 면사 여인을 기다리고 있었다.

*   *   *

등에 희미한 빛이 비춘다. 근육과 살이 사라진 몸에 날카로운 뼈들이 솟아 있다.

꿈틀!

죽은 줄 알았던 몸이 움직였다. 그러자 빛을 타고 먼지가 일어났다.

턱!

시체처럼 침상에 누워 있던 사내가 손을 뻗어 침상 옆 서탁을 더듬었다. 금세 그의 손에 술병이 잡힌다.

사내가 술병을 들어 엎드린 채로 술을 마셨다. 기이한 일이다. 기울이지도 않은 술병의 술이 그의 입으로 빨려 들어갔다. 시전에 나가 재주를 보이면 약깨나 팔 수 있는 재주다.

떵그렁!

술은 금세 바닥났다. 사내의 손에서 떨어진 술병이 요란한 소리를 냈다.

덜컹!

그 순간 기다렸다는 방문이 열렸다. 그리고 한 사람이 방 안으로 들어왔다. 그러나 침상에 엎드려 술을 마신 사내는 일어날 줄을 몰랐다.

"아직도 이러고 있나요?"

방 안에 들어온 사람이 물었다. 여자다. 침상에 누워 있던 자가 고개도 돌리지 않고 대답했다.

"돌아왔소?"

"실망이군요. 같은 모습을 보게 되다니."

"내게 뭘 기대했소?"

"적어도… 술은 끊을 줄 알았죠."

"술 없이 내가 살아갈 수 있을 것 같소?"

"세상에는 술 없이 사는 사람이 더 많아요."

"흠, 그렇긴 하군. 그러나 그들은 나처럼 지옥을 경험하진 않았겠지."

사내의 대답에 여인이 잠시 침묵을 지키다가 다시 입을 열었다.

"할 말이 있어요."

"같은 말이오?"

"다른 문제니 일어나요."

"끙!"

사내가 신음 소리를 내며 자리에서 일어났다. 폐인 같은 얼굴치고는 옷차림이 깔끔했다. 아마도 그를 시중드는 사람이 있는 모양이다.

"할 말이 뭐요?"

사내가 여인을 보며 물었다. 사내의 눈이 죽은 자의 눈처럼 뿌옇게 흐려져 있다.

"강호의 소식을 가져왔어요."

"관심 없소."

"글쎄요, 내 생각에는 이 중 몇 가지는 관심이 있을 것 같은데요?"

여인의 대답에 사내가 이상한 눈으로 여인을 바라보았다.

"강호에 나갔다 온 사이에 사람이 변한 거요? 날 이렇게 귀찮게 한 적은 없는 것 같은데."

"그때야 그동안은 당신의 관심을 끌 만한 것이 없었기 때문이죠."

"그런데 지금은 있단 말이군. 말해보시오. 강호에서 가져온 소식이 무엇인지."

"먼저 마천이 부활했어요."

"관심 없는 일이고. 다음은?"

"그는… 오죽노의 오른팔이 되었더군요."

순간 사내의 눈에서 벼락같은 살광이 나타났다 사라졌다. 그러고는 낮은 목소리로 물었다.

"그래, 구천맹의 요직에라도 올랐더이까?"

"그렇지는 않아요. 다만 오죽노가 그를 무척 신뢰하니 맹에서도 큰 존중을 받는 것 같더군요."

"어리석은 인사! 여전히 오죽노의 개 노릇을 하고 있단 건가? 일을 그 지경으로 만들었으면 크게 한자리 차지해야지."

사내가 혀를 찼다.

"그를 증오하지 않나요?"

"증오하오."

사내가 대답했다.

"그런데 왜 그를 동정하죠?"

"친구니까."

"그를 증오한다면서요?"

여인이 물었다. 그러자 사내가 손을 들어 앞뒤로 뒤집어 보이며 말했다.

"증오도 애정도 모두 한 손에 있소."

"증오하면서도 여전히 그에 대한 정이 있다는 말이군요."

"그 역시 마찬가지일 거요."

"다시 만나면 어쩔 건가요?"

여인이 정말 궁금한 표정으로 말했다.

"음, 그럴 일이야 없겠지만 만약 다시 만난다면 한 삼 일 정도 술을 마시며 회포를 풀고, 그 후에는 그를 죽이겠소."

사내의 말에 여인이 흠칫 놀랐다. 그녀는 그 순간 사내의 내면 깊숙한 곳에서 꿈틀대고 있는 분노를 느꼈다.

"당신… 자신을 숨기고 있었군요."

"참고 있단 말이 더 맞을 거요."

"왜죠?"

"당연히 나 자신을 지키기 위해서지. 복수를 위해 강호로 나가는 순간 난 인간이 아닌 짐승이 될 거요. 나는 짐승이 되는 것보다야 폐인으로 살아가는 것이 좋소. 폐인은 적어도 인간이지 않소?"

사내의 말에 여인의 눈에 갈등의 빛이 보였다. 그런 여인의 표정을 사내는 금세 읽어냈다.

"정말로 하고 싶은 말이 뭐요?"

"망설여지는군요. 당신을 보러 올 때는 당연한 일이라고 생각했는데……."

"해보시오."

"그가 왔어요."

"그?"

사내가 크게 눈을 떴다. 그러고는 다시 물었다.

"설마… 천산이?"

"아니오. 말했지만 그는 오죽노 곁에 있죠. 그가 감히 어떻게 이곳에 오겠어요."

"그럼 누가 왔다는 거요?"

"당신을 이 방에서 나오게 할 사람. 어쩌면 당신을 인간이 아닌 짐승으로 만들 수도 있는 유일한 사람이죠."

순간 사내가 성큼 여인 앞으로 다가섰다. 한 줌 바람도 일지 않는 보법이다. 사내는 놀라운 고수인 것이다.

"설마… 아이를 데려왔소?"

분노의 기운이 감돈다.

"어쩔 수 없었어요. 데려오지 않으면 죽었을 거예요."

"그 아이에게 무슨 일이 있었던 거요?"

"당신이 겪은 그 모든 일이 당신 아들에게도 일어났지요."

여인이 말했다.

"설마 오죽노가!"

사내의 외침에 여인이 고개를 끄떡였다. 그러자 사내의 표정이 묘하게 일그러졌다. 그러다가 체념하듯 말했다.

"좋아, 어쩔 수 없지. 짐승을 원한다면 짐승이 되어주마, 오죽노 혜간."

굳은 다짐도 아니다. 씁쓸한 패배자의 뇌까림 같은 중얼거림이다. 그러나 그 힘없는 그 목소리에서 여인은 오히려 분노보다 더한 소름 끼치는 두려움을 느꼈다.

*   *   *

노인은 한 팔이 빈 장삼을 걸치고 있었다. 얼굴 반쪽에는 흉물스런 화상의 흔적이 남아 있다. 눈 한쪽도 보이지 않는 것 같았다.

그럼에도 노인에게선 따뜻한 미소가 흘렀다. 그 미소가 흉측한 그를 탈속한 선비의 모습으로 보이게 만들었다.

그런 노인 앞에 궁비영이 앉아 있다. 둘 사이에 침묵이 이어진 것은 꽤 오래된 일이다. 두 사람 앞에 놓인 화차(花茶)는 식은 지 오래다.

궁비영이 어깨를 으쓱거렸다. 침묵이 지루해졌다. 그러자 노인이 마치 기다렸다는 듯 입을 열었다.

"몸은 좀 어떤가?"

"보시다시피."

궁비영이 건성으로 대답했다. 누가 보아도 그의 몸 상태를 알 수 있었다. 온몸의 생기가 모두 빠져 버린 모습, 앞에 놓인 찻잔조차 제대로 들 수 없을 것 같은 모습이다.

"음, 선천지기를 쓴 것은 무리한 일이었네."

"죽는 것보다야 낫지요."

궁비영이 심드렁하게 대답했다. 이 늙은이가 무슨 소릴 하냐는 표정이다. 그럼 오죽노의 손에 붙들려 그냥 죽어야 했느냐고 묻고 싶은 얼굴이다.

"조금만 기다렸으면 교연이 무슨 방도를 찾았을 것인데……."

노인이 아쉬운 표정으로 말했다.

"교연? 그게 누굽니까?"

"자넬 이곳에 데려온 아이네."

"아, 소문주시라는……."

"맞네."

"그런데 소문주께서 날 구하러 올 줄 누가 알았겠습니까?"

"하긴 그걸 기대하고 있을 수는 없었겠지."

노인이 고개를 끄떡였다. 그러자 이번에는 궁비영이 물었다.

"어르신께서 유령문의 주인이십니까?"

"내가 유령문의 당대 문주이기는 해도 유령문에 주인은 없네."

"뭐, 어쨌든……. 그럼 노야께서 바로 야유사군이시겠군요."

"음, 맞네. 내 이름이 야유사군이네. 들어봤나?"

"흐, 하마터면 노야를 죽이러 올 뻔했지요. 그들이 말하기를, 아버지를 죽인 사람이 바로 노야라고 했거든요."

"저런, 그럼 난 아주 큰 위험에서 벗어난 것이군."

노인 유령문주 야유사군이 짐짓 다행이란 표정을 지으며 말했다. 그러자 궁비영이 슬쩍 웃음을 흘린다.

"이제 보니 농도 잘하시는군요. 난 그 무서운 유령문의 문주시라 저승사자 같을 줄 알았는데……."

"사람에 따라 달리 대하지. 난… 두 마음을 품은 자라네. 이 중인격라고 하나?"

"사람은 누구나 다 그렇지요."

궁비영이 다시 어깨를 들썩이며 말했다. 한 자세로 앉아 있자니 머리의 무게를 견디기도 힘들다. 그만큼 몸이 쇠약해졌다는 뜻이다.

"힘든가?"

"뭐… 견딜 만은 합니다. 그런데 언제 오시는 겁니까?"

"글쎄, 그야 그의 마음이지."

"제길, 아들이 왔으면 맨발로 달려 나올 일이지 뭘 꾸물대시는 거야?"

궁비영이 인상을 쓰며 투덜거렸다.

그런데 그 순간 마치 기다렸다는 듯이 방문이 열렸다. 그리고 궁비영을 섬으로 데려온 면사 여인과 술에 빠져 살던 사내가 들어왔다.

궁비영이 고개를 돌렸다. 그러자 봉두난발의 사내가 서 있다. 순간 궁비영은 자신의 눈을 의심했다. 자라면서 그는 단한 번도 아버지의 이런 모습을 본 적이 없다.

"정말 왔구나!"

궁도요가 나직하게 중얼거렸다. 그 짧은 말 속에 담겨 있는 복잡한 감정의 깊이가 사람들의 마음을 흔든다.

야유사군이 자리에서 일어났다. 그러고는 면사 여인에게 눈짓을 보냈다. 그러자 면사 여인이 고개를 끄떡이고는 입을 열었다.

"필요한 것이 있으면 불러요."

여인의 말에 궁도요가 무심히 고개를 끄떡였다. 그러자 유령문주 야유사군과 면사 여인, 유령문의 소문주 송교연이 조용히 방을 나갔다.

"꼴이 이게 뭐예요?"

궁비영이 처음 꺼낸 말이다. 북산에서 궁비영은 망나니로 불렸지만 궁도요는 언제나 처신이 올바르고 품위를 잃지 않는 인물로 통했다. 그런데 지금의 궁도요는 북산에서의 궁비영보다 더하면 더했지 못하지 않은 주정뱅이의 모습이다.

"어쩌다 보니⋯⋯."

궁도요가 죄 지은 사람처럼 주눅 들어 말했다. 그러자 궁비영이 궁도요를 잠시 바라보다 불쑥 물었다.

"정말 천산 아저씨가 배신을 했어요?"

알고 있지만 믿기 힘든 일이라 궁도요에게 확인받고 싶었다.

"뭐⋯ 그렇게 됐다."

"참, 그놈의 집안은 어떻게⋯⋯."

"중광은 잘 지내느냐?"

"제 아버지 꼴 났지요."

"널 배신했다는 말은 들었다. 그러나⋯⋯."

"원망하지 말라고요?"

"오죽노는 견뎌내기가 어려운 사람이지. 특히나 심약한 사

람은 더더욱. 중씨 일가가 본래 천성이 독하지 못해서 그를 견
디낼 수 없었을 것이다."

"그렇긴 하지요. 하지만 그렇다고 모든 것을 오죽노의 탓으
로 돌릴 순 없지요. 중 가주께 욕심이 없었다고는 할 수 없으
니까요."

궁비영의 말에 궁도요가 고개를 끄덕였다.

"뭐, 그렇긴 하지. 그 친구도 욕심이야 많았지. 그래서 복수
를 할 것이냐?"

궁도요가 물었다.

"이 몸으로 뭘 하겠어요."

궁비영이 힘없는 두 팔을 들어 보이며 말했다.

"몸을 회복하고 무공을 되찾을 수 있다면?"

"유령문에 화타라도 있다는 건가요?"

"오죽노가 두려워하는 것이 바로 그런 유령문의 힘이다! 유
령문은 사람들이 상상하지 못하는 기이한 힘을 가졌거든."

궁도요가 대답했다.

*   *   *

"그를 정말 계명흑성으로 만들 생각인가요?"

나이가 믿기지 않는 아름다움을 가진 여인이다. 얼굴에 군
데군데 주름이 있으나 그 주름조차 그녀의 특이한 아름다움을
더해주는 듯했다.

"그럴 생각이다."

노인이 대답했다.

유령문의 소문주와 야유사군은 이름 모를 꽃으로 가득 찬 화원을 걷고 있었다. 멀리 바다가 보여 더 아름다운 화원이다. 섬 전체가 화원이나 다름없는 곳이 만화도이다.

"그가 동의할까요?"

"누구 말이냐? 아버지, 혹은 아들?"

"궁 대협이요."

"음, 아마도 동의할 거다. 외려 반대할 사람은 아들 쪽이지."

"왜요? 무공을 회복하고 복수도 할 수 있잖아요. 의기소침해 보이긴 해도 내면에 복수의 칼날을 벼르고 있는 걸 봤어요. 그는 필시 동의할 거예요."

"한 가지 경우에는 예외지."

"……?"

"아버지의 희생이 필요하다면 말이야."

그러자 유령문의 소문주가 당황한 표정으로 되물었다.

"그게 무슨 말씀이세요? 궁 대협의 희생이라뇨?"

"비영 그 아이는 불 꺼진 숲과 같은 몸이다. 선천지기를 너무 과도하게 썼어. 조금의 불씨라도 남겨놓았다면 혼돈공과 화정(花精)으로 생기를 되살릴 수 있지만 그 아이는 마지막 불씨까지 모두 소진했다."

"그런데요?"

"그 피를 누구에게서 받은 것이더냐?"

"그야 당연히 궁 대협이죠."

"그러므로 그의 정기가 필요하다."

유령문주 야유사군이 말했다. 그러자 유령문의 소문주가 고개를 저었다.

"불가한 일이에요. 아무리 부자간이라도 어찌 아비의 정기를 소진해 아들의 정기를 되살린다는 거죠? 그 아이가 동의하겠어요? 절대 동의하지 않을 거예요."

"물론 그 아이는 동의하지 않겠지. 그러나 도요 그 사람은 동의할 거다. 그럼 된 거지."

"불가해요."

유령문의 소문주가 고개를 저었다. 그러자 야유사군이 단호하게 말했다.

"그에 대해 미련이 아직도 남은 거냐? 그는… 이미 널 거부했다."

"그건 그의 마음이고요. 내 마음은 내 거죠."

"미련한 것."

"아무튼 그를 희생하는 것은 반대예요."

"네 마음이 그를 떠나지 못하는 것이 어쩔 수 없는 일인 것처럼 그가 아들을 생각하는 마음이 깊다면 그 또한 어쩔 수 없는 일이다. 선택은 그의 몫이다."

야유사군이 단호하게 말했다.

"전 말리겠어요."

"좋도록 하려무나. 각자 최선을 다할 뿐이지."

"매정하세요."

"저런, 네 입에서 그런 말이 나오면 안 되지. 내가 널 어떻게 키웠는데……."

야유사군이 희미한 미소를 지으며 말했다.

"쳇, 지금 이 상황에서 공치사를 하고 싶으세요?"

"뭐, 내게 그럴 만한 자격은 있지 않느냐는 말이다. 아무튼, 나 역시 만약의 경우라면 널 위해 내 선천지기를 내주었을 것이다. 그렇다고 죽는 것도 아니고."

야유사군이 정색을 하며 말했다. 그러자 유령문의 소문주가 말했다.

"결정하셨으면 제가 반대해도 하실 테니 마음대로 하세요. 그런데 과연 비영 그 아이가 계명흑성의 자질이 있기는 한 건가요?"

"그 이유로 어려서부터 그 아이를 주시하고 있었던 것이다. 서왕을 보내 그 아이를 도운 것 역시 그런 이유 중 하나다."

야유사군의 말에 여인이 고개를 끄떡였다.

"서왕님의 생각도 같으시더군요. 하긴 서왕님의 눈은 실수가 없죠."

"좋은 재목이야. 단지 우려하는 것은 복수심이 지나치지 않기를 바랄 뿐이다."

야유사군의 말에 이번에는 여인이 고개를 저었다.

"웬걸요. 그나 궁 대협이나 중씨 부자에 대해선 오히려 동정하는 듯하던데요?"

"하나는 알고 둘은 모르는 소리. 본래 심성이 강한 사람들은 마음을 나눌 줄 안다. 동정은 동정이고 복수는 복수지. 그래서 무서운 것이야. 마음이 강한 사람이."

"아버지도 그런 분이시죠."

"나야 나약한 노인네일 뿐이지."

"천만에요. 계명흑성을 탄생시키려는 것은 결국 구천맹과 오죽노에 대한 원한 때문 아닌가요?"

"아니다. 넌 잘못 알고 있구나. 내가 계명흑성을 만들려는 것은 복수심 때문이 아니라 유령문의 생존 때문이란다. 마천과 구천맹 두 세력이 다툴 때는 문제가 아니지만 둘 중 어느 한 곳이라도 천하를 제패하면 그땐… 절대 유령문을 두고 보지 않을 거야. 그 이유로 오죽노가 우릴 배신하기 전부터 계명흑성을 생각하고 있었던 거다."

"물론 첫 번째 시도는 실패고요."

"그렇게 됐지. 설마 도요 그 사람이 저 지경이 될 줄은 생각지 못했으니까."

"그야 우리 탓이죠. 마곡산에서 우린 그에게 큰 빚을 졌어요. 덕분에 절반의 세력이라도 유지할 수 있었으니까요."

"그렇지."

"그런데 다시 그의 아들에게 무거운 짐을 지우려 하네요."

"선택은 그들 부자의 몫이다."

"이래서 아버지가 매정하시다는 거예요."

소문주가 고개를 돌려 야유사군을 보며 말했다.

＊　　　＊　　　＊

궁비영은 궁도요와 섬의 동쪽 길을 따라 걸었다. 천지가 꽃
이다. 기이한 느낌이 들었다. 유령문과 꽃의 섬은 왠지 어울리
지 않았다.

강호에 알려진 유령문의 존재는 음습하고 귀기스런 것이었
다. 그런데 그들의 뿌리라는 이 섬은 꽃의 섬이다.

"이 섬 이름이 만화도다."

이미 들어 알고 있는 사실이다. 궁비영은 만화도라는 이름
이 섬에 정확히 어울리는 이름이라고 생각했다. 만화도가 아
니라면 그 어떤 이름을 이 섬에 붙일 것인가.

"어떤 섬이죠?"

궁비영이 물었다.

"유령문이 시작된 곳이라던가."

"그래요? 어떻게 이런 곳에서……?"

"유령문의 무공 중 가장 중요한 것이 혼돈공이다. 그 혼돈공
이 탄생한 곳이 바로 이곳이라고 하더구나. 유령문의 시조는
화인(花人) 노송이란 사람인데, 그가 이곳에서 혼돈공을 만들
었단다."

"화인이라니 유령문에 어울리지 않는 별호군요."

"그렇지? 이 섬도 그러하고."

"구천맹에서는 유령문을 마천의 무리와 별반 다를 게 없다고 평하잖아요."

"간사한 자들이지. 그들이 마천을 물리칠 수 있던 것은 오로지 유령문의 도움 때문이었는데."

궁도요가 눈살을 찌푸리며 말했다.

"정말 애초에 흑성을 만든 것이 유령문이었나요?"

"팔 할은 그러하다. 오죽노는 마천과 어둠 속에서 싸울 사람이 필요했지. 그러나 구천맹의 맹도 중에는 그런 자들이 흔치 않았다. 무공은 강할지 몰라도 어둠 속에의 움직임에 능숙한 자가 없었지. 해서 그는 마침 마천에 등을 돌린 유령문에 손을 내밀었던 것이다."

"령주는 왜 마천을 떠난 거죠?"

궁비영이 물었다.

"마천의 마두들과 가는 길이 달랐던 거지. 마천이 탄생한 것은 애초에 군림천하의 목적이 아니었다. 구천맹의 세상에서 자존의 위치를 구축하는 것이 목적이었지. 그런데 강호에 나오자 마천사십구마의 마음이 변했다. 대적해 보니 구천맹의 힘이 그리 강한 것이 아니었던 거지."

"세상을 가지려 했군요."

"힘은 넘쳤다. 구천맹도들의 나약한 심성은 무공의 고하를 떠나 사나운 이리 같은 마천의 마두들을 감당해 내지 못했다. 세상은 한순간에 마천의 손에 들어갔지. 피가 흐르고, 잔혹함이 기승을 부렸다."

"그래서 령주는 마천을 떠났군요."

"그렇다. 사실 마천의 고수 중 극악한 자는 생각보다 그리 많지 않았다. 그러나 본래 어느 집단이든 극악스런 자가 결국 권력을 잡는 법이지. 그런 면에서 마천은 군림을 하면서도 내부적으로는 심상찮은 내분이 일어나고 있었다. 애초에 하나의 문파가 일으킨 세력이 아니니까."

"그래서 흑성이 움직이자 한순간에 무너진 거군요. 힘을 모을 생각보다는 자신의 안위를 먼저 생각했을 테니까요."

"바로 보았다. 그것이 바로 마천이 몰락한 이유지."

궁도요가 고개를 끄떡였다.

"세상일이 정말 묘하군요. 지금 구천맹의 문파들이 바로 그 지경에 빠져 있는 것 같던데……."

"본래 권력은 얻을 때는 몰라도 그 영광은 함께 누리지 못하는 괴물이다. 아무튼, 오죽노도 처음에는 흑성을 만들 생각이 없었다. 단지 유령문의 유령사들을 마천과의 싸움에 쓸 수 있기를 바랐지. 그러나 야유사군으로서는 차마 그럴 수가 없었다."

"등을 돌렸다고는 해도 한때는 동료였기 때문인가요?"

"그것이 가장 중요한 이유였다. 다른 이유 하나는 그동안 마천을 위해 일하면서 유령사들의 힘이 많이 소진되었기 때문이지. 유령문에는 시간이 필요했다. 문파의 힘을 되살릴 시간이. 그래서 야유사군은 오죽노에게 흑성을 만들기를 제안했다."

궁도요의 말에 궁비영이 놀란 표정을 지었다.

"아예 시작부터 유령문의 제안이었군요?"

"그렇다. 인재를 뽑는 것부터 그들이 수련할 흑성의 무공까지 거의 모든 일에 유령문이 관여했다. 그렇게 흑성이 길러지고, 마천의 약점을 파고들어 한순간에 그들을 몰락시켰지. 아마도 그 과정에서 오죽노는 유령문에 대한 두려움이 생겼던 모양이다."

"그럴 만도 하네요."

궁비영이 고개를 끄덕였다. 오죽노의 두려움이 충분히 이해가 갔다. 듣는 것만으로도 오죽노가 가졌을 두려움이 느껴졌다.

"그런데 오죽노는 그 두려움을 이겨내는 방법으로 한 가지 시도를 했지."

"뭔데요?"

"그 스스로 유령문의 사람이 되는 것이다."

"예? 그가 유령문도가 되려 했다고요?"

궁비영이 화들짝 놀랐다. 도저히 믿을 수 없는 일이었다. 아무리 유령문이 두렵다고 해도 스스로 유령문도가 되려 하다니. 누가 뭐래도 유령문은 음지의 문파. 구천맹을 움직이는 그가 선택하기에는 포기할 것이 너무나 많았다.

"아, 물론 평범한 문도가 되려 한 것은 아니고, 야유사군을 이어 유령문의 주인이 되려 했지."

"그렇다면야……. 하지만 이상하군요. 애초에 유령문도도 아닌 자가 어떻게 그런 욕심을 부린 거죠?"

"방법이 하나 있었다. 널 데려온 사람이 누군지 알지?"

"소문주 말인가요?"

"그래, 소문주는 야유사군의 의녀. 령주가 부모를 잃고 천하를 떠도는 그녀를 의녀로 들였지. 그리고 유령문의 후계자가 되었다."

"유령문도 결국 혈육으로 그 주인이 이어지는군요."

궁비영이 씁쓸한 표정으로 말했다. 북산에서 느낀 씁쓸함이 다시 느껴졌다.

"음, 꼭 그렇지는 않아. 유령문의 령주 자리는 능력 있는 자에게 전해진다. 물론 대부분 당대 령주의 제자들이 그 기회를 잡지. 소문주가 후계자가 된 것은 그녀에게 그만한 능력이 있기 때문이다."

"그런가요? 그렇게 대단해 보이지는 않던데?"

궁비영이 고개를 갸웃했다.

"네가 아직 사람 볼 줄 모르는구나. 제법 뛰어난 흑성이 되었다고 들었는데."

궁도요가 농을 했다. 그러자 궁비영이 어색한 표정으로 말했다.

"아버지도 변했네요."

"사람은 누구나 변하지."

"어쨌든 소문주의 무공이 령주의 후계자가 될 정도로 뛰어나다는 말이군요."

"그렇다. 그러고 보니 그동안 더 진보한 모양이군. 네가 그녀의 진실한 능력을 알아보지 못할 정도면."

"아무튼 그래서요?"

"음, 오죽노는 소문주를 자신의 사람으로 만들기를 원했다. 그렇게 되면 유령문을 통제할 수 있으니까."

"흐흐, 늙은이가 참……."

오죽노가 유령문의 소문주와 부부의 연을 맺으려 했다는 말에 궁비영은 실소를 흘렸다.

오죽노의 나이가 육십 전후, 그렇다면 그가 유령문의 소문주에게 청혼했을 때의 나이가 오십 전후라는 말이 된다. 적어도 소문주 송교연과는 십여 세가 훌쩍 넘게 차이난다.

"사실 강호에선 그런 식의 혼인이 가끔 있기는 하지. 문파 간의 혼약은 권력을 유지하기 위한 수단이라서 말이야. 그래서 그 정도 나이 차이는 흠이 되는 것이 아니다."

"아무튼 소문주가 거절했군요."

"그렇지."

"낄낄, 나라도 그런 늙은이는 싫었겠어요."

"오죽노는 사실 뛰어난 사람이다. 성정이 오만하고 권력욕이 강해서 그렇지, 능력으로는 뛰어난 자지. 소문주의 나이도 사실 적지 않고. 그러니 두 사람이 혼인을 했다면 유령문을 위해서는 아주 좋은 일이 되었을 것이다. 그렇게 된다면 유령문은 적어도 구천맹의 배신은 걱정하지 않아도 되었을 테니까. 어쩌면 그들이 바라던 대로 강호의 밝은 곳에 뿌리를 내렸을 것이다."

궁도요가 심각한 표정으로 말했다.

"듣고 보니 전혀 불가능한 이야기는 아니었군요."

"아마 유령문이 아니라 다른 문파였다면 반드시 그 혼인을 성사시켰을 것이다. 그러나 야유사군은 좀 다른 사람이지. 그는 절대 문도에게 희생을 강요하지 않아. 외려 문도들이 스스로 문파를 위해 희생을 자처하는 곳이 유령문이다. 그게 유령문의 진정한 힘이고."

"도대체 어떤 사람들이 모인 곳이죠?"

문득 유령문도에 대한 호기심이 솟구쳤다.

"나와 같은 사람들이지."

"예?"

"유령문도가 되는 방법은 오직 하나다. 유령문주나 사왕의 눈에 들어야 한다. 그것 말고는 유령문도가 될 수 있는 방법이 없다. 물론 문도의 후손들이야 당연히 유령문의 문도가 되지만."

"무척 폐쇄적이군요. 그런데 아버지 같은 사람들이라뇨?"

"그들은 누군가에게 버림받은 자들을 유심히 살핀다. 그들이 바닥까지 떨어졌을 때 유령문은 구원의 손길을 내밀지. 그렇게 유령문에 들어온 자는 절대 유령문을 배신하지 않는다. 왜냐하면 그들이 가장 힘든 시기에 혈육과 같은 신뢰를 주기 때문이지."

궁도요의 말에 궁비영은 잠시 생각에 잠겼다가 물었다.

"사람들의 절박한 심리를 이용하는 건가요?"

"그렇게 볼 수도 있지만 바닥을 경험한 사람의 진심을 믿는 거겠지."

"그래서 아버지도 유령문도가 되었나요?"

정작 궁금한 것은 그것이었다. 그러자 궁도요가 걸음을 멈추고 크게 한숨을 쉬었다.

"아직은 아니지만 이젠 그럴까 생각 중이다."

"어째서요?"

"네가 왔으니까."

궁도요가 궁비영을 데려간 곳은 만화도 동쪽 해안가의 작은 동굴이었다. 동굴 앞에는 언제 왔는지 유령문의 소문주가 두 사람을 기다리고 있었다.

"문주께서는?"

궁도요가 물었다.

"안에 계세요."

"그렇구려. 들어갑시다."

궁도요의 말에 소문주가 얼른 말했다.

"먼저 궁 소협만 들어오라세요."

"비영만 말이오?"

"그래요."

"무슨 말을 하시려는지 아시오?"

"그것까지야 제가 알 수 없죠."

소문주가 고개를 저었다. 그러자 궁도요가 고개를 끄덕인다.

"알겠소. 비영, 먼저 들어가거라. 다만, 문주께서 무슨 말씀을 하시든 나와 상의하고 일을 결정해야 한다."

"알았어요."

궁비영이 대답하고는 동굴 안으로 들어갔다. 그러자 그 모습을 지켜보고 있던 유령문의 소문주가 입을 열었다.

"령주께 이 일에 대해 들으셨나요?"

"들었소."

"하실 건가요?"

"안 할 이유가 없지 않소? 아들의 몸을 되살리는 일인데."

"대신 궁 대협의 무공이 크게 상하게 되겠지요. 애써 회복한 무공이 아닌가요?"

"그렇긴 하오만 그래도 아들에 비할 바는 아니오."

궁도요가 어깨를 으쓱하며 대답했다.

"그리되면 강호에 나갈 수 없을 거예요."

"물론 그렇겠지. 하지만 이대로 사는 것도 나쁘지는 않소."

"복수는 하지 않을 건가요?"

"생각해 보니까 말이오, 굳이 내가 나서지 않아도 그들 스스로 죗값을 받을 것 같더구려. 그러니 굳이 내 손에 피를 묻힐 필요야 없지."

궁도요가 대답했다.

"왜 그들이 파멸할 거라 생각하시죠?"

"후후, 그야 당연한 일 아니오? 마천이 부활하고 유령문이 움직였소. 그들이 무슨 수로 이 그물에서 빠져나오겠소."

"마천과 유령문은 손을 잡지 않아요."

"어쨌든 구천맹은 둘 모두를 상대해야 하지 않소?"

"아버지는 어느 한쪽이 무림의 패권을 잡는 것을 원치 않아요. 그래서는 유령문의 미래도 어둡지요."

"그러나 싸움이란 언젠가는 끝나게 되어 있소. 달리 방책을 강구하는 것이 좋을 거요."

"물론 우리에게도 한 가지 수단은 있죠."

"그렇소? 그게 뭐요?"

"우린… 계명흑성을 불러낼 생각이에요."

순간 궁도요가 크게 놀랐다.

"설마… 비영을?"

"아버님은 그리 생각하고 계세요."

"불가(不可)!"

궁도요가 노성을 토해내고는 바람처럼 동굴 안으로 뛰어 들어갔다.

제2장
새벽을 열어야 하는 자

　"맞네. 계명혹성, 그게 내 조건이네."

　미처 궁비영과 제대로 이야기를 시작하기도 전에 동굴로 뛰어 들어온 궁도요를 보고 야유사군이 말했다. 궁도요의 눈이 파르르 떨린다. 분노와 배신감을 억누르는 표정이다.

　"령주께서도 결국 이런 분이셨습니까?"

　"이 문제에 관해선 부인하지 않겠네."

　"난 동의할 수 없습니다!"

　궁도요가 단호하게 말했다. 그러자 야유사군이 고개를 끄떡였다.

　"결정은 자네 두 부자의 몫이네. 과거를 잊고 산다면, 혹은 혹시라도 세상에 대한 미련이 남았다면 그것 모두를 버리고 사는 것으로는 지금도 나쁘지 않겠지."

"계명흑성을 받아들이지 않으면 비영을 치료하지 않겠다는 말씀이군요."

"맞네. 자네도 알다시피 이 아이를 치료하는 데는 많은 것이 필요하네. 그 모든 것이 본 문의 기보들이지. 그것들을 사용하는 일은 나라도 함부로 결정할 수 없네. 그 기보를 사용하려면 그 이유를 문도들에게 설명해야 하네."

"이해합니다. 저와의 사사로운 인연으로 결정할 일은 아니겠지요. 그러나 굳이 문도들을 설득하실 필요는 없을 것 같습니다. 우린 이 일을 하지 않을 테니까요."

"이 아이를 이대로 두겠다고는 건가?"

야유사군이 물었다.

"이 아이를 데리고 만화도를 떠나겠습니다. 업고라도 천하를 돌며 이 아이를 치료할 방법을 찾겠습니다. 평생 그리 살아도 저로선 큰 후회가 없는 일이지요."

"음……!"

궁도요의 단호한 말에 야유사군이 나직한 침음성을 흘렸다. 궁도요의 고집을 알고 있기에 그의 말이 허언이 아니라는 것을 잘 알고 있는 야유사군이다.

그런데 그때 불쑥 궁비영이 입을 열었다.

"나를 두고 하시는 말씀 같은데, 무슨 일인지 나도 알아야지 않겠습니까?"

그러자 야유사군의 얼굴에 생기가 돈다. 마치 빠져나갈 길이 생긴 사람의 모습이다.

"그렇군. 정작 중요한 것은 당사자의 마음이지."

"불가한 일입니다. 제가 허락할 수 없습니다. 그 이야기를 비영이 들을 필요는 없습니다."

"저는 들었으면 하는데요?"

궁비영이 궁도요에게 말했다.

"알아봐야 소용없는 일이다."

"그건… 듣고 나서 제가 결정하지요."

"비영!"

궁도요가 노한 표정으로 궁비영을 불렀다. 그러자 궁비영이 고개를 저으며 말했다.

"아버지도 아시다시피 우리 부자는 그동안 각자 자신이 선택한 대로 세상을 살아왔습니다. 그러니 이 일도 제가 결정하겠습니다."

"비영, 이건 그리 단순한 문제가 아니다."

"흑성이 되는 것도 단순한 일은 아니었지요. 아버지 역시 그러셨을 겁니다."

"그건… 난 단지 네 꿈을 이뤄주고 싶었을 뿐이다. 제룡가의 외가라는 굴레에서 널 벗어나게 해주고 싶었을 뿐이야. 그래서 흑성이 된 것이다."

"그 말이 사실이었군요? 혈맹록에 쓰신 것이 제룡가를 떠나는 것이었다는 것이."

"그랬다."

"그 말을 들었을 때는 믿지 않았는데 정말 그러셨군요. 하지만 설혹 그렇다고 해도 제 일은 제가 결정합니다."

"네 녀석은 정말……"

"일단 들어보지요. 무슨 이야긴지."

궁비영이 야유사군에게 시선을 돌렸다. 그러자 아유사군이 고개를 끄떡였다.

"옳은 말이지. 당사자가 듣고 당사자가 판단해야지. 도요 자네 역시 그게 옳다는 것을 알 것이네."

"자식을 두고는 옳고 그름을 따질 수 없지요. 그리고 이 일에는 반드시 제 동의가 필요하다는 것을 아시지 않습니까?"

"음, 그렇기는 하지. 하지만 일단 이 아이에게 이야기는 해 보고 싶네."

"그러세요."

궁비영이 얼른 대답했다. 그러자 야유사군이 기다렸다는 듯이 입을 열었다.

"이 이야기를 듣게 되면 자네에게도 크게 나쁜 일은 아닐 거라는 걸 알게 될 걸세."

"아닙니다. 아이에게 결코 좋은 일이 아니지요."

궁도요가 말했다. 그러자 야유사군이 손을 저으며 궁도요를 제지했다.

"내 이야기가 끝날 때까지 자네는 좀 기다려 주게."

단호한 야유사군의 말에 궁도요가 다시 반박하려다 말고 입을 닫았다.

"좋아, 그럼 옛날이야기를 시작해 볼까?"

"재미있나요?"

궁비영이 힘없는 몸으로 실실 웃으며 물었다.

"물론 재미있지. 아주 살벌한 싸움 이야기거든."

야유사군이 대답했다.

"싸움이라……. 재밌는 일이죠."

궁비영이 고개를 끄덕였다.

"보자, 어디부터 시작할까. 그래, 흑성에 대한 이야기로 시작해야겠군."

야유사군이 잠시 침묵을 지켰다. 어쩌면 조금 망설이는 듯 싶기도 했다. 그러나 결국 야유사군은 이야기를 시작했다.

그 이야기는 아주 먼 옛일에 대한 이야기이자 현재의 이야기이기도 했다.

"자네, 흑성이라는 말이 어디에서 나왔는지 아나?"

야유사군이 물었다.

"그야 오죽노가……."

"아닐세. 흑성이란 말은 사실 아주 오래된 말이네. 흑성은 본래 초기 유령문의 유령사들을 가리키는 말이었네."

"예?"

궁비영이 조금 놀란 표정으로 되물었다. 그러자 야유사군이 말을 이었다.

"처음 오죽노가 나에게 마천을 상대하기 위한 합작을 제안했을 때 난 유령사들을 그 싸움에 내놓기를 원치 않았네. 왜냐하면 오죽노의 심성을 누구보다 잘 알고 있기 때문이지. 유령사들을 내놓으면 그는 유령사의 안위 따위는 생각지 않고 그들을 사지로 내몰았을 걸세."

"그 이야기는 들었습니다."

"좋아, 그래서 난 오죽노에게 유령문에서 유령사를 키우는 방식을 약간 틀어서 알려준 것이지. 중요한 몇 개의 무공도 함께 말이네. 그러면서 난 그들이 우리 유령문에 의해 만들어진 사람이란 사실을 분명히 하기 위해 그들을 흑성, 검은 별로 부르자고 제안했네. 오죽노는 그 제안 역시 받아들였지."

"그렇게 된 일이었군요. 그런데 흑성이면 흑성이지 계명흑성은 뭐죠?"

궁비영이 앞서 궁도요와 야유사군이 다투었던 계명흑성이란 말을 물었다.

"음, 이 이야기를 제대로 하려면 초기 유령문의 역사를 알아야 하네. 자네 유령문이 누구로부터 시작되었는지는 들었는가?"

"오면서 들었습니다. 화인 노송이란 분이 유령문의 개파조사라고……."

"맞네. 그분이 유령문의 시조네. 그런데 세상에 부모 없는 자식이 없듯 유령문 같은 문파를 개파하신 그분 역시 어느 날 세상에 뚝 떨어진 것은 아니네. 그분에게도 유령문을 개파하신 내력이 있지."

이야기가 점점 흥미로워진다고 느끼며 궁비영이 야유사군 앞으로 다가들었다. 그 모습을 궁도요가 눈살을 찌푸리며 바라보고 있었다.

강호사에 한때나마 무림을 장악한 자들에 대한 이야기는 여럿 전해진다. 그러나 그 기간은 길어야 십 년을 넘지 못하는 경우가 대부분이었다.

칼 든 무인이란 누구든 자기 머리 위에 있는 것을 오랫동안 두고 보는 경우가 드물기 때문이다.

그런데 그런 무림에서 아주 드물게 수십 년 이상 강호를 지배한 자들도 존재했다. 그중 하나가 삼백 년 전 강호천하의 지배자로 군림한 육혈무성이다.

여섯 명의 절대자가 모여 만든 육혈무성은 당시 삼십여 년 가까이 천하를 지배했다.

다른 혈통, 다른 무공, 거기에 서로 다른 성정까지 도저히 화합할 수 없는 자들이 모이자 예상외로 강력한 힘이 생겨났다. 그들은 순식간에 강호를 발아래 두고 장장 삼십 년 동안 군림했다.

그런데 영원할 것 같던 육혈무성의 시대는 거짓말처럼 한순간에 끝났다. 그들이 몰락하는 데에는 그리 오랜 시간이 필요하지 않았다. 단 육 일, 그 육 일 동안 여섯 명의 절대자가 차례로 세상에서 자취를 감췄다.

스스로 무림을 떠났는지, 혹은 서로가 서로를 죽이며 공멸

했는지, 또는 세상에 알려지지 않은 강호의 절대고수에게 모두 죽임을 당했는지 그 누구도 그들이 사라진 이유를 알지 못했다.

수만 가지 추측이 생겨났다가 사라졌다. 그러나 추측은 추측일 뿐 진실은 세상에 드러나지 않았다. 그렇게 한 시대를 군림한 절대자들이 사라지자 그들을 따르던 자들도 순식간에 와해됐다.

개중에는 육혈무성의 후예를 자처하는 자들도 더러 나왔지만 누구도 육혈무성이 이룩한 그 거대한 권력을 다시 재현하지는 못했다. 오히려 그 이름으로 세상에 군림하려던 자들은 철저하게 공격당해 세상에서 그 씨앗조차 사라져 버리고 말았다.

"하지만 오직 한 곳만은 묵혈무성이 왜 세상에서 사라졌는지 그 이유를 알고 있었지."

삼백 년 전 천하제일세 육혈무성에 대한 이야기를 하며 야유사군은 그 어느 때보다도 도도해 보였다.

"유령문이 한 일인가요?"

궁비영이 물었다.

"정확히는 유령문의 선조들이 한 것이네. 유령문이 탄생한 것은 그 이후의 일이니까."

"그럼 유령문의 조사라는 바로 그 화인 노송이란 분이 한 일이군요."

"그렇다네. 그분과 그분의 동료들이 한 일이지."

"그들이 바로 과거의 흑성인가요?"

궁비영의 물음에 야유사군이 고개를 끄떡였다.

"육혈무성의 절대자들은 모두 그 출신 내력이 달랐네. 누구는 정파 출신이고 누구는 마교에 뿌리를 두고 있었지. 서역의 밀교에서부터 해동의 선종까지. 그들이 모인 것 자체가 불가사의한 일이라고 할 수 있었지."

"그들이 초기 흑성을 만들었군요."

"서로 다른 성정의 인물들이 모였으니 그들을 따르는 자들도 각양각색으로 손발이 제대로 맞지 않았지. 그래서 그들에게는 자신들의 결정을 즉시 아무런 이유 없이 행할 공동의 손발이 필요했네. 그래서 탄생한 것이 바로 초기의 검은 별들이네."

"그런데 왜 그들이 육혈무성을 배신하게 된 거죠?"

"누구라도 영원히 다른 사람의 노예로 살고 싶은 사람은 없으니까."

"초기 흑성들에게는 권력과 자유가 주어지지 않았군요."

"맞네. 그들은 철저히 세상의 어둠 속에 존재하기를 강요받았지. 그것이 몇 년이라면 견딜 수 있지만 평생이라면 누구도 견딜 수 없네. 더군다나 강호의 그 어떤 고수도 벨 수 있는 힘을 가진 자들이라면."

"그들에게 육혈무성의 절대자들을 능가하는 무공이 있었다는 건가요?"

궁비영의 물음에 야유사군이 고개를 저었다.

"무공으로야 그들을 능가할 수 없었지. 초기 흑성들의 무공역시 육혈무성의 절대자들에게서 나온 것이니까. 하지만 그들은 수십 년간 어둠 속에서 살아가면서 자신들만의 특별한 능력을 가지게 되었네. 오늘날 구천맹의 흑성들에게 전해진 그무공들의 원류 말일세."

"하지만 암습으로 여섯 명의 절대자를 모두 죽이는 것은 불가능한 일 아닌가요?"

궁비영이 고개를 갸웃하며 물었다.

"맞는 말이네. 아무리 초기 흑성들이 특별한 무공을 체득했다고 해도 육혈무성의 절대자들을 베는 것은 쉬운 일이 아니었지. 그런데… 그 일을 가능하게 만든 인물이 그들 중에 존재했네."

"그가 바로 화인 노송 조사군요."

"맞네. 조사께서는 육혈무성의 지시에 의해 홀로 움직이던흑성들을 하나로 모았네. 그리고 여섯 명의 절대자에게 자유를 요구했지. 그러나 육혈무성은 일언지하에 그 요구를 거부했네. 오히려 흑성들을 멸살하려고 했지."

"당연한 일이지요. 누가 주인을 무는 사냥개를 그대로 놓아두려 하겠어요."

궁비영이 말했다.

"맞는 말이네. 그러나 그들은 한 가지 사실을 알지 못했지.화인 노송께서 그런 요구를 할 때는 이미 모든 준비를 끝마친 이후였다는 사실을 말일세. 그게 본래 흑성들이 일하는 방식이거든."

"그래서 육혈무성이 사라지게 된 것이군요."

"그렇다네. 화인 노송 조사와 검은 별들은 여섯 명의 절대자를 하루에 한 명씩 제거했네. 우스운 것은 그들은 최후에 두 명만이 남았을 때조차도 그 일을 검은 별이 행한 것이라고 생각지 않았다는 거야. 단지 그들은 다른 절대자들이 권력을 독식하기 위해 서로를 죽이고 있다고 생각했던 거지."

"생각보다 일은 수월했겠군요."

"모두를 상대했다면 불가능했겠지. 그러나 한 사람씩 상대하는 것은 가능했네. 그렇게 화인 노송 조사께서는 육혈무성을 무너뜨렸네. 물론 피해가 전혀 없었던 것은 아니네. 누가 뭐래도 육혈무성의 절대자는 천의무봉의 무공을 지닌 자들이니까. 일이 끝났을 때 살아남은 흑성은 겨우 다섯이었네. 화인 노송 조사까지 포함해서 말이네."

"얼마나 죽은 거지요?"

"전해지는 말로는 죽은 자의 숫자가 열다섯이라고 하네."

"절반이 더 죽었군요."

"안타까운 일이지. 아무튼 주인을 죽인 검은 별들은 강호에서 은거했네. 그들의 존재 자체가 극비였으니 그들이 사라진 것을 아는 자도 거의 없었네. 강호를 떠나 조사와 다른 흑성들께서 정착한 곳이 바로 이곳 만화도네. 그리고 이곳에서 유령문을 개파했지."

"그렇게 유령문이 시작되었군요."

궁비영이 말했다.

"그렇다네. 화인 조사께서 문주가 되셨고, 다른 네 분이 유령문의 사왕이 되셨다네."

"그런데 여전히 계명흑성에 대해서는 말씀을 하지 않으셨네요."

"계명흑성은 화인이라 불리기 전 노송 조사를 부르던 말일세. 말 그대로 어둠 속에서 살아가는 흑성들에게 새벽을 열어줄 사람이란 의미에서 그리 부른 것이지."

"노송이란 분이 다른 흑성들에게 큰 존경을 받았던 모양이군요."

"그렇다네. 전해지는 바에 의하면 흑성들은 자신들의 생사를 온전히 화인 조사께 의지하고 있었다고 하네. 화인 조사라면 육혈무성을 상대할 수 있다고 굳게 믿었다고 하더군. 물론 그 일은 현실이 되었지."

"계명흑성이란 말에 그런 의미가 있었군요."

궁비영이 고개를 끄떡였다.

"또 다른 의미도 있네. 언제부터인가 본 문에서 계명흑성이란 화인 조사님을 가리키는 말도 되지만, 언제든 유령문에 위기가 닥치면 그 일을 해결할 능력을 지닌 사람, 유령문에 새로운 새벽을 열어줄 수 있는 인물을 의미하게 되었다네."

그러자 궁비영은 그제야 궁도요가 야유사군이 하려는 일을 반대하는 이유를 알았다.

야유사군은 자신을 계명흑성으로 만들어 유령문을 수호하는 일을 맡기려는 것이었고, 궁도요는 궁비영이 계명흑성이란 이름으로 유령문에 속박되는 것을 원치 않았던 것이다.

북산 제룡가의 굴레에서 아들을 벗어나게 하기 위해 흑성의 일을 자처한 그로선 당연한 일이었다.

계명흑성이 되는 순간 궁비영은 유령문을 벗어날 수 없게 된다. 또한 강호의 음지에서 유령문을 위해 유령문의 적을 죽이며 살아야 할 터였다. 그건 결코 궁도요가 바라는 궁비영의 삶이 아니었다.

"지금이… 계명흑성이 필요한 시기인가요?"

궁비영이 물었다. 하긴 이상한 일이기는 했다. 그가 생각하기에 당대의 유령문은 마천과 구천맹을 상대로 잘 버텨내고 있는 것 같았다.

"그렇다네. 우린 사실 무척 위험한 지경에 처해 있네. 솔직히 말해서 마곡산에서 당한 그 일은 우리에게 치명적인 손실을 주었지. 현재 본 문의 전력은 마곡산의 참변 이전에 비하면 오 할이 되지 못하네. 당시에 입은 손실을 단번에 만회할 수 있는 방법은 바로 계명흑성의 출현뿐이네. 우린 시간이 없네."

"시간이 없다니요?"

"마천과 구천맹의 싸움은 곧 끝날 걸세. 그 이후에는 어느 쪽이 승리하든 우리 유령문이 최후의 목표가 될 걸세."

"그 싸움이 그리 쉽게 끝날까요?"

궁비영의 물었다. 그가 생각하기에 마천과 구천맹의 싸움은 결코 쉽게 끝나지 않을 것 같았다. 예전에야 유령문이 구천맹을 도왔으니 일거에 승부를 볼 수 있었지만 재기한 마천은 두 번의 실수를 하지 않을 것이기 때문이다.

"오죽노는 무서운 사람이네."

"그가 이 싸움을 쉽게 끝낼 수 있단 말인가요?"

"아마도 그럴 걸세."

"이해가 가지 않는군요."

궁비영이 고개를 저으며 말했다. 아무리 오죽노가 대단해도 마천을 상대로 단번에 승리를 쟁취할 수는 없었다. 그랬다면 그가 과거 유령문의 도움을 필요로 하지 않았을 것이다.

"그가 마곡산을 불태운 것은 유령문에 대한 적대감 말고 다른 이유도 있네."

"……?"

"그는 마곡산 비처에 숨겨져 있던 과거 유물을 탐냈지. 사실 그가 교연과 혼인하려던 이유 중 하나도 그 물건들 때문이었네."

"그게 무엇이죠?"

"그 물건에 대해선 자네가 내 제안을 수락하면 말해주겠네. 하지만 한 가지 사실은 확실하지. 그 물건을 이용하면 마천은 다시 한 번 그의 함정에 빠지게 될 걸세. 그리고 그 역시 마천과 마찬가지로 두 번 실수는 하지 않을 거야. 이번에야말로 마천을 완전히 궤멸시키고 말 걸세."

야유사군의 말에 궁비영이 아버지 궁도요를 바라봤다. 야유사군의 말이 사실인지를 확인하기 위해서다.

"그 물건이 뭔지는 나도 모른다. 그러나 령주님의 말씀은…
믿어도 된다."

궁도요가 말했다. 비록 아들이 계명흑성이 되는 것은 원치
않지만 그렇다고 있는 사실을 인정하지 않을 궁도요는 아니었
다.

"제가 계명흑성이 되면 저에겐 어떤 이득이 있습니까?"

궁비영이 물었다.

"첫째, 네 몸은 완전히 회복될 것이다. 오히려 일을 당하기
이전보다 더 강한 몸이 되겠지. 둘째는 천하제일의 무공을 얻
게 될 것이다. 누구도 홀로 널 상대하지 못할 것이다. 셋째는
권력을 갖게 될 것이다. 천하의 야심가들이 네 앞에서 고개를
숙일 것이다."

순간 궁비영이 아미를 모았다.

"설마 유령문을 앞세워 군림천하를 하시려는 겁니까?"

"그건 아니다. 단지 야심가들은 항상 우리 유령문의 힘을 빌
려 쓰고 싶어 하기에 하는 말이다."

"유령문이 강호에서 완전히 떠나는 것은 어떤가요?"

궁비영이 물었다. 그러자 야유사군이 고개를 저었다.

"만화도에 칩거한 유령문이 세상에 나가고 싶어 나가겠는
가? 사람으로서 살아가는 이상 세상과의 인연은 피할 수 없네.
더군다나 유령문은 책임져야 하는 인연이 적지 않지."

야유사군의 말에 궁비영이 고개를 끄덕였다. 이미 세상에

알려진 유령문이 세상을 등지고 살기는 쉬운 일이 아닐 터였다.

"굳이 네가 끼어들 일이 아니다."

궁도요가 혹시라도 궁비영이 야유사군의 제안을 승낙할까 봐 얼른 말했다.

"그럼 우린 어떻게 살아가나요?"

궁비영이 물었다.

"세상 인연에서 자유로워지는 것이지."

"이 몸으로요?"

궁비영이 힘없는 두 팔을 들어 올려 보였다.

"어떻게든 내가 네 몸을 고칠 테니 그건 걱정 말아라."

"복수는요?"

"복수?"

"예."

궁비영이 대답했다.

"하고 싶으냐?"

"용서할 수 있으세요?"

궁비영이 되물었다. 그러자 궁도요가 눈살을 찌푸리며 말했다.

"오죽노 정도는 한번 만나보고 싶긴 하지. 하지만 포기하라면 할 수도 있다."

"중 가주님은요?"

궁비영이 서로 언급하기 싫은 일을 물었다. 결국 중가의 두 부자에 대한 두 사람의 생각이 그들의 선택을 결정하게 될 것이기 때문이다.

"어려운 문제구나."

궁도요가 대답했다. 그러자 궁비영이 말했다.

"전… 중광을 만나보고 싶어요."

"어쩌려고?"

"어쩔지는 모르겠어요. 만나봐야 알겠지요."

"결국 계명흑성이 되겠단 말이냐?"

궁도요의 얼굴이 어두워졌다. 그러자 궁비영이 궁도요의 말에 대답하는 대신 야유사군에게 말을 건넸다.

"왜 저여야 하는 겁니까?"

"그건 자네가 적합한 자질을 지니고 있기 때문이지. 계명흑성은 아무나 될 수 없네."

"유령문에는 특별한 재능을 지닌 사람이 많지 않나요?"

"그러나 계명흑성은 못 돼. 솔직히 말하자면 화인 노송 조사 이후 계명흑성이 된 사람이 없네. 이해하기 힘든 일이지. 유령문의 문도는 문주와 사왕만이 들일 수 있네. 우린 무척 신중하게 인재를 찾아 문도로 들이네. 그럼에도 계명흑성의 인재는 배출되지 않았지."

"왜 그런 거죠? 뭐, 천하제일의 근골이라도 가지고 있어야 하는 건가요?"

"나도 모르겠네. 어떤 근골의 인재여야 하는지. 그러나 그 인재를 알아볼 수는 있네. 조사께서 계명흑성이 될 인재의 특정을 말해놓은 게 있거든."

"그 특징이 제게 있다는 건가요?"

궁비영이 묻자 야유사군이 고개를 끄떡였다.

"그게 뭔가요?"

"계명흑성이 될 인재는 본 문의 심공인 혼돈공을 수련하게 되면 삼 년이 지난 후부터 주기적으로 심장에 통증을 느끼게 된다네."

"그, 그건……?"

궁비영이 놀란 눈으로 궁도요를 바라봤다. 그러자 궁도요가 대답했다.

"네가 수련한 궁씨묘법에는 사실 혼돈공의 정수가 깃들어 있다. 령주의 배려가 있었지. 사실 난 유령문의 문도가 아니라서 혼돈공을 수련할 수 없는 사람이지만 령주께서 젊은 시절 나에게 특별히 선물해 주셨지."

"이상한 일이군요."

궁비영이 의심스런 눈으로 야유사군을 보며 말했다.

"이상한 일이지. 그러나 다시 생각해 보면 이상할 것도 없네. 난 사실 도요 저 사람을 계명흑성의 인재로 생각했거든. 그래서 문 외 사람에게 혼돈공을 전한 것이네. 물론 내 생각은 반만 맞았지. 자네의 부친이 아니라 자네였으니 말이야."

야유사군이 희미한 미소를 지었다. 그러자 궁비영이 잠시 생각에 잠겼다가 말했다.

"제가 아니면 당대에 계명흑성이 나오긴 어렵겠군요."

"그렇다고 할 수 있네. 인재를 찾는 것은 사람의 힘으로 할 수 없다는 생각이니까."

"저도 조건이 있습니다."

궁비영이 말했다.

"말해보게."

"혈맹록에 쓴 거래를 다시 해보고 싶군요. 때가 되면 유령문을 떠나는 조건이라면 생각해 보지요."

"어려운 일이네. 계명흑성이 유령문을 떠난다는 건……."

"그렇다고 아버지 말씀처럼 평생 유령문에 매여 살 수는 없습니다. 거래가 되지 않으면 이 일은 할 수 없습니다."

"비영, 굳이 그런 조건도 필요 없다. 네 손에 피를 묻힐 이유가 없어. 이 일은 불가한 일이다."

궁도요가 여전히 궁비영이 계명흑성이 되는 것을 반대했다.

"조건이 맞는다면 전 하겠습니다."

"비영!"

"이대로 살 수는 없어요. 아무리 아니라고 해도 아시잖아요? 이곳이 아니면 전 다시 예전의 몸으로 돌아갈 수 없다는 걸요."

"아니다. 반드시 내가 방법을 찾겠다."

"빠른 길을 놔두고 돌아갈 생각은 없어요. 그건 제 성미에 맞지 않아요."

"네놈은 여전히 내 말을 듣지 않는구나."

궁도요가 성을 냈다.

"북산 망나니가 어디 가겠어요?"

궁비영이 히쭉 웃음을 흘렸다.

"자, 그럼 두 부자 사이의 일은 결정이 된 건가?"

야유사군이 웃으며 물었다.

"이젠 령주님이 결정하실 차례지요."

궁비영이 대답했다.

"좋아, 나도 그 조건을 받아들이겠네. 그러나 오늘 당장 치료를 시작할 수는 없겠군. 이 조건은 나도 사왕들의 동의가 필요한 일이어서."

"저야 바쁠 것이 없지요."

"알겠네. 강호에 나가 있는 사왕들에게 동의를 받으려면 전서구를 사용해도 며칠은 걸릴 걸세. 그동안 몸의 기력을 조금이나마 회복하시게."

*　　　*　　　*

만화도에는 계절이 없다고들 했다. 사시사철 꽃이 피고 이름 모를 새들이 날아드는 섬이 만화도이다.

바다 건너 뭍에 폭설이 내릴 때조차 만화도에는 꽃이 가득하다고 한다. 가끔 몇 송이 눈발이 날릴 때가 있지만 사오 년에 한 번 있을까 말까 한 일이니 만화도에 꽃이 질 날은 있을 수 없었다.

사람들은 그 무성한 꽃에서 꽃의 정기를 얻었다. 이름 모를 기화이초들이 만개했을 때 꽃을 채취해 유령문만의 독특한 방법으로 취한 꽃의 정기는 벌들이 힘들여 모으는 꿀과는 전혀 다른 성질의 것이었다.

강호에 가끔 영약이란 것이 출현해 사람들의 마음을 현혹시키기는 하지만 그중 구 할은 가짜였다. 그런데 만화도에서 채취한 이 꽃의 정기, 화정(花精)은 누구나 믿고 탐낼 만한 진실된 영약이었다.

기운을 보하고 상한 몸을 치유하는 효능은 물론, 사람의 마음까지 치유해 주는 힘을 가진 것이 만화도의 화정이었다.

그 귀한 화정을 궁비영은 하루에 한 번씩 복용했다. 야유사군과 사왕의 특별한 배려로 그리된 것이지만, 만약 강호에 나가 있는 유령문의 문도들이 이 사실을 알게 된다면 그야말로 난리가 날 일이란 것이 궁도요의 설명이었다.

"이거 이래도 되는지 모르겠어요."

옥을 깎아 만든 작은 잔에 화정을 담아 한입 마시고는 궁비영이 중얼거렸다.

"몸은 어떠냐?"

"많이 좋아졌어요. 제법 팔에 힘도 생긴걸요. 그런데 이 화정이 치료제는 아닌가요?"

궁비영이 궁도요에게 물었다.

"치료는 네 단전을 회복하는 것이지. 화정을 취하는 것은 단지 몸의 기력을 보충하는 것뿐이다. 하지만 화정의 힘으로 선천지기를 한동안 대신할 수 있겠지만 영원히 그리 살지는 못하지."

"하긴 유령문에서도 화정을 무한정 주지는 않을 테니까요."

"령주의 정성이 보통이 아냐."

"알고 있어요."

"그만큼 네가 짊어져야 할 짐도 무거워지는 거다."

"그것도 알아요."

"지금이라도 일을 그만두면 좋으련만……."

"화정을 이렇게 많이 얻어먹고요?"

"네 인생에 비하면 가벼운 선물이지."

"팔불출 같은 소리를 하세요. 그나저나 그분과는 어떤 관계
예요?"

궁비영이 화제를 돌렸다.

"누구?"

"소문주요."

"그녀가 왜?"

"아버지를 보는 눈빛이 심상치 않았어요."

궁비영의 말에 궁도요가 멋쩍은 표정을 지었다.

"심상치 않기는, 아무 사이도 아니다."

"그게 아닌 것 같던데요?"

"쓸데없는 일에 관심 두지 말거라."

궁도요가 급히 궁비영의 말을 끊었다. 그러자 궁비영이 혼
잣말로 중얼거렸다.

"소문주가 오죽노의 청혼을 거절했다고 하던데, 흠, 마음속

에 다른 사람을 두고 있어서 그런 건가?"

그러자 궁도요가 자리에서 벌떡 일어났다. 그러고는 휑하니 방을 벗어났다. 마치 궁비영의 말을 더 이상 듣기 싫은 사람처럼.

새가 날아들었다. 새를 낚아챈 사람은 만화도 서쪽 절벽 위에 서 있는 유령문의 소문주 송교연이었다. 그녀는 여전히 얼굴을 면사로 가리고 있었다.

"무슨 소식이오?"

전서구에 딸려 온 강호의 소식을 읽으려던 송교연이 고개를 돌렸다. 궁도요가 송교연을 향해 다가오고 있었다.

"웬일이세요?"

"산책 중이었소."

"궁 소협은요?"

"방에 남아 있소."

"이상한 일이군요. 당신이 궁 소협 곁을 벗어나다니. 궁 소협이 만화도에 온 뒤로는 항상 붙어 있었잖아요?"

"녀석이 귀찮아하는 것 같았소."

궁도요가 씁쓸한 미소를 지으며 대답했다.

"여전히 궁 소협이 계명흑성이 되는 것에 반대하나요?"

"그렇소."

"그리 나쁘게 생각할 것만은 아니에요. 강호에 인연을 두고 살아가는 이상 강해지는 것은 좋은 일이죠. 두 분 다 아주 강호를 떠날 순 없잖아요?"

"……."

궁도요가 대답을 하지 않는다. 그러자 송교연이 다시 말을
이었다.

"령주님을 원망치는 마세요. 령주님은……."

"그분을 왜 원망하겠소. 그분이 내게 베푼 은혜는 내 목숨으
로도 갚기 힘든 것인데."

"하지만 궁 대협도 본 문에 그 이상의 은혜를 베풀었죠. 마
곡산에서 본 문을 돕기 위해 자신의 모든 것을 버려야 했으니
까."

"그 일을 하지 않았다면 난 살아 있어도 죽은 채로 살아야
했을 거요."

"아버님이 그러시더군요. 궁 대협의 그 의로움이 항상 스스
로를 고난의 길로 이끈다고."

"마음에 걸림이 없으면 족하오."

궁도요가 말했다. 그러다가 문득 송교연의 손에 들린 전서
구를 보며 물었다.

"무슨 내용이오?"

"마천이 생각보다 대단하군요."

"사천의 싸움에서 마천이 우세한 모양이구려."

"그런 모양이에요. 재기한 마천의 실체가 드러났는데 여섯
명의 마두가 새로운 마천을 이끌고 있다는군요. 그런데 그중
셋이 사천에 출도했나 봐요. 그래서 구천맹이 한순간에 수세

에 몰렸다네요."

"오죽노가 바쁘겠군요."

"우리에겐 좋은 일이 아니죠."

송교연이 말했다.

"무슨 말이오? 오죽노의 관심이 사천으로 향하면 당연히 유령문에게 좋은 일 아니오?"

"사실 우린 오죽노를 자극해 구천맹의 수뇌를 우리의 함정으로 끌어들이려 했거든요. 그런데 그동안 구천맹의 고수 여럿을 제거했는데도 불구하고 그들은 반응하지 않았죠. 이런 때 사천의 일이 급박해지면 더더욱 우리의 계책에 말려들지 않을 거예요. 당장 급한 쪽이 사천이니."

"좀 더 강력한 유인책이 필요하겠구려."

"그렇지요. 그래서 우리에게 계명흑성이……."

송교연이 말을 하다 말고 입을 다물었다.

"결국 그런 일을 해야 하는 운명이라……."

궁도요가 탄식을 흘렸다.

"유령문의 모든 유령사가 함께할 거예요."

"사왕들은 동의했소?"

"화정에 관한 것은 동의했고, 계명흑성 문제는 서왕님의 동의만 받으면 돼요."

"그는… 어쩌면 반대할 수도 있겠군."

궁도요의 말에 송교연이 의아한 표정을 지었다.

"서왕님이 왜요? 그분은 궁 소협을 가장 잘 아는 분이에요.

또한 아끼고 계시죠."

"그래서 하는 말이오. 그만이 비영을 진심으로 걱정할 테니 말이오."

"다른 사람은 아니라는 말인가요?"

송교연이 서운한 표정으로 물었다.

"적어도 다른 사람들에겐 유령문이 먼저 아니겠소?"

"……."

궁도요의 말에 송교연이 대답을 하지 못했다. 틀린 말이 아니기 때문이다.

마곡산의 참사 이후 유령문의 문도들은 항상 문파의 생존에 대한 위험을 느끼고 있었다. 강호의 어느 문파든 문파의 생존 앞에 개인의 생사는 중요치 않았다.

송교연이 궁도요의 말에 당황한 채 대답을 하지 못해 어색해진 그때 마치 그녀를 구해주려는 듯 하늘에서 또 한 마리의 비둘기 소리가 들렸다.

꾸룩꾸룩!

갈매기들 틈에서 비둘기 한 마리가 날아내렸다. 송교연이 팔을 들어 올리며 말했다.

"서왕님의 전서구예요."

송교연의 말에 궁도요가 긴장했다. 유령문 서왕의 의견에 따라 궁비영의 운명이 결정될 것이다.

송교연이 재빨리 전서구를 펼쳤다. 그러자 궁도요가 얼른 물었다.

"뭐라고 하오?"

"서왕께서는… 동의하셨어요."

송교연이 기쁘면서도 한편으로는 미안한 표정으로 말했다.

"그도 어쩔 수 없는 유령문의 사람이군."

궁도요가 씁쓸한 표정을 지었다.

"전 아버지께 가야겠어요."

송교연이 급히 자리를 떠나 꽃길을 따라 섬 안쪽으로 달려갔다. 그러자 궁도요가 중얼거렸다.

"이래저래 나도 유령문의 귀신이 되어야 하는 건가?"

*   *   *

궁비영과 궁도요는 서왕 옹완에게서 전서구가 도착한 그다음 날 다시 섬 동쪽의 석굴을 찾았다.

"어서들 오게!"

야유사군이 석탁에 이런저런 물건들을 늘어놓고 두 사람을 맞았다.

"벌써 준비 중이십니까?"

궁도요가 서운한 표정으로 물었다.

"음, 미리 준비할 게 좀 있어서……. 앉으시게."

야유사군이 두 사람에게 자리를 권했다. 그러자 궁도요와 궁비영이 야유사군의 맞은편에 자리를 잡고 앉았다.

"소식은 들었나?"

야유사군이 궁비영에게 물었다.

"아버지께 들었습니다."

"좋아, 그럼 오늘 바로 시작하겠네. 먼저 자네의 몸을 치료할 걸세. 그 이후에 계명흑성의 무공을 전하겠네. 그리고 신약을 써서 자네의 공력을 끌어 올릴 걸세."

"좋으실 대로 하십시오."

궁비영이 대답했다. 마치 자신의 일이 아닌 듯한 모습이다.

"그중 가장 중요한 것은 역시 자네의 몸을 치유하는 것이네. 선천지기가 사라진 몸을 회복시키는 것은 결코 간단치 않네."

"방법이 있으면 되는 거지요."

"며칠 잠을 자게 될 걸세. 일이 잘되어 깨어나면 자네는 새로운 사람이 되어 있겠지."

"좋군요. 아주 편하겠어요."

"하긴… 바쁜 사람은 나지. 그럼 시작할까?"

제3장
환골

"자네는 다신 본래의 무공을 되찾지 못할 걸세."

야유사군이 궁도요에게 말했다. 그들 사이에는 깊이 잠들어 있는 궁비영이 있었다.

"한평생 만화도에서 사는 것도 괜찮지요."

"정말 후회 없겠나?"

"자식을 두고 후회하는 아비를 봤습니까?"

"그도 사람에 따라 다르긴 하네. 어쨌든 그럼 시작하세. 이 아이가 깨어났을 때는 나와 자넬 원망할 걸세."

야유사군의 말에 궁도요가 씁쓸한 미소를 지으며 말했다.

"일을 이 지경으로 만든 분은 령주신데 그런 말씀을 하시다니요."

"그렇군. 내 욕심에서 시작된 일이군."

야유사군이 순순히 고개를 끄떡였다.

"이 아이를 유령문의 이름으로 지켜줘야 합니다. 반드시. 그걸 약속하십시오."

"그럴 걸세. 계명흑성은 유령문의 심장과 같은 존재지. 심장이 멎으면 사람도 죽네. 이 아이에게 만약 무슨 일이 일어난다면 그건 유령문의 모든 문도가 죽은 이후일 걸세."

"그런 일이 일어나서야 안 되지요."

"물론 그런 일은 일어나지 않을 걸세. 계명흑성이 탄생한 이상 구천맹이든 마천이든, 혹은 오죽노든 감히 유령문을 상대로 도박을 할 수 없을 걸세. 패를 꺼내는 순간 모든 것을 잃게 될 테니까."

궁도요는 야유사군에게서 오랫동안 보지 못하던 패기를 느꼈다. 계명흑성이란 존재가 그를 격동시킬 만큼 대단한 존재라는 것을 새삼 느끼자 다시금 망설여진다.

'깨어나면 이 아이는 무거운 짐을 지게 되겠지.'

궁도요가 궁비영을 바라봤다. 그러고 보니 그 행동과는 달리 참으로 곱상하게 생긴 아들이다.

궁도요가 손을 들어 궁비영의 얼굴을 쓰다듬으며 중얼거렸다.

"북산 제룡가 무노의 삶은 내가 물려준 것인데, 북산을 벗어나서 다시 또 그 길로 들어서는구나. 하지만 이번에는 네 선택이니 부디……."

"무노라니, 당치 않네. 계명흑성은 유령문에서 가장 존귀한 사람일세."

"누구든 삶에 부채를 지고 있다면 결국 무노지요. 주인이든 하인이든."

"음, 그런가?"

야유사군이 겸연쩍은 표정으로 말했다.

"시작하지요."

"그러세. 일이 끝나면 자넨 수개월간 정양을 해야 하네. 화정을 아낌없이 쓴다 해도 말일세."

"상관없습니다."

"무공은 삼 할 정도만 회복해도 성공일 테고."

"그 역시 상관없습니다."

"좋아, 그럼 시작하세."

야유사군이 고개를 끄떡였다.

궁도요가 훌쩍 침상 위로 올라가 잠든 궁비영의 단전에 자신의 두 손을 가져다댔다. 그러자 야유사군이 기다렸다는 듯 궁비영의 입을 벌리고 청량한 기운이 감도는 액체를 흘려 넣었다.

"자네 차례네."

궁비영에게 신약을 복용시킨 야유사군이 궁도요에게 말했다. 그러자 궁도요가 고개를 끄떡이고는 눈을 반쯤 감고 운기를 시작했다.

한순간에 궁도요의 몸이 뿌연 아지랑이로 휘감겼다. 그러자 야유사군이 궁도요의 뒤로 돌아가더니 그의 등에 한 손을 가져다댔다.

"령주!"

궁도요가 놀라 소리쳤다. 그러나 그의 손은 여전히 궁비영의 단전에 닿아 있었다. 운기도 역시 계속 이뤄지고 있었다. 함부로 손을 떼었다가는 궁비영이 위험했다.

"이 무거운 짐을 어찌 자네 부자에게만 지울 수 있겠나. 나 같은 늙은이에게 공력은 그리 필요가 없어."

"령주……!"

"또한 이 일은 유령문을 위한 일이니 애초에 자네보다는 내가 나서는 것이 맞지. 다만 난 비영 이 아이의 혈육이 아니어서 함부로 내 원기를 나눠주지 못함이 아쉬울 뿐이네. 하지만 자네에게는 괜찮겠지. 집중하게!"

야유사군의 말에 궁도요가 어쩔 수 없다는 듯 고개를 젓고는 다시 눈을 감고 깊은 운기의 세계로 빠져들어 갔다.

삼 일이 지났다.

야유사군은 부쩍 늙어 보였다. 동굴을 벗어난 야유사군을 유령문의 소문주 송교연이 마중했다.

"아버님!"

송교연이 힘겹게 걸음을 옮기는 야유사군을 부축했다.

"괜찮다."

야유사군이 미소를 지으며 대답했다.

"도대체 뭘 하신 거예요?"

송교연이 화가 난 표정으로 물었다.

"궁씨 부자에게만 희생을 강요할 수는 없지. 이 모든 일은 유령문을 위한 일인데."

"그럼 다른 사람을 불렀어야죠. 저도 있잖아요!"

송교연이 다시 화를 낸다.

"모두 중요한 사람들이지 않느냐? 만화도에 은거해 사는 나야 공력이 무슨 소용이겠느냐? 더군다나 살날도 많지 않은 사람이."

야유사군의 말에 송교연이 다시 화를 내려다가 입을 닫고는 잠시 마음을 진정시켰다. 그러고는 퉁명스럽게 물었다.

"그들은 어떤가요?"

"나쁘지 않다."

"다행이군요. 궁 소협의 몸 상태를 보아 회복하기 어렵다고 생각했는데……."

"그러게 말이다. 기이한 생명력이 있더구나. 역시 계명흑성의 재목인가 싶더라."

"참으로 독한 사람이에요."

"누구? 도요 그 친구?"

"아뇨. 오죽노요."

송교연이 적의를 드러내며 말했다.

"오죽노? 영악한 자지."

"궁 소협이 그를 감당할 수 있을까요?"

"유령사들이 도와야지."

"이상한 일이에요."

"뭐가 말이냐?"

"그는 왜 여전히 구천맹의 군사로 머물러 있을까요? 마곡산 비고에서 가져간 그 물건이라면 충분히 구파 수장들의 머리 위에 올라설 수 있을 텐데."

"그래서 그가 영악한 자라는 것이다. 그가 구천맹의 수장이 되는 순간 그는 수많은 적을 상대해야 한다. 물론 지금도 그를 죽이려는 자가 많겠지만 구천맹 수장일 때와는 비교할 수 없지. 마천의 마두들은 물론 권력을 빼앗긴 구천맹의 수장들도 그를 노릴 것이다. 세력이 없는 그가 그런 적들을 감당할 수 있겠느냐?"

"그럼 그가 영원히 구천맹의 군사로 살 거란 말인가요?"

"그건 아니지. 하지만 자신의 야심을 드러내는 것은 아마도 마천을 제압한 이후겠지. 그때까지는 충실하게 구천맹의 총군 사로 남아 있을 게다."

"우리에겐 그 정도 시간이 있는 거군요."

"그렇다고 할 수 있다. 그가 마천을 제압하고 구천맹을 장악 하는 순간 유령문은 멸문의 위기에 처하겠지. 그때가 되면 계 명흑성조차도 그를 감당하지 못할 수 있다."

"그가 육혈무성의 무공을 수련했을까요?"

"글쎄. 만약 그랬다면 무덤을 파는 일이지."

"하지만 그는 타고난 천재예요. 훼손된 부분을 보완했을 수도 있어요."

"그랬다면 벌써 천하의 주인이 되었을 것이다. 그가 가져간 육혈무성의 유물은 모두 네 개. 그것 중 두 가지만 수련해도 누구의 공격도 두려워하지 않았을 테니까."

야유사군의 말에 송교연이 고개를 끄떡였다.

"그렇군요. 육혈무성의 무공이라면 누구도 두려워할 이유가 없죠."

"그렇게 보면 그 신공들의 비급이 훼손된 것이 오히려 다행인 것 같기도 하고."

"그렇죠. 훼손되지 않았다면… 생각만 해도 무서운 일이에요."

"어쨌든 이래저래 그와 본 문은 양립할 수 없다. 그 역시 여전히 우리 손에 두 개의 비급이 남아 있는 것을 알고 있고, 또한 과거 육혈무성의 시대를 끝낸 것이 유령문임을 알고 있으니."

"계명흑성이 탄생할 줄은 모를걸요?"

"후후, 그렇지. 계명흑성은 그야말로 우리에겐 행운과 같은 것이니까. 하지만 그는 여전히 무서운 자다. 만약 당대에 유령문이 멸망하는 일이 벌어진다면 그건 반드시 오죽노 그에 의해서일 거다."

야유사군의 말에 송교연이 한숨을 내쉬었다.

"이럴 줄 알았으면 그의 청혼을 받아들일 것을 그랬어요."

"하하, 그러게 말이다."

"아버지!"

"하하하! 농이다. 아마 네가 그의 청혼을 받아들인다 했어도 내가 반대했을 게다."

"왜요?"

"비인부전이라고 했다. 전하지 말아야 하는 것은 재주만이 아니지. 사람의 마음 역시 마찬가지니라."

"전하려 해도 전해지지 못하는 마음은 어쩌죠?"

"도요 그 사람에 대한 말이냐?"

"예."

"아직도 마음이 정리되지 않는 게냐?"

"……."

"기다려 보거라. 어쩌면 기회가 올지도 몰라."

"어떻게요?"

"아들이 계명혹성이 되면 그 역시 유령문의 사람이 된다. 더군다나 이 일이 끝나면 그는 강호에 나가지 않을 거야. 그의 무공은 삼 할도 남지 않을 테니까. 스스로 만화도에서 평생을 보내겠다고 하더라. 그럼 네게도 기회가 있지 않겠느냐?"

"정말 평생 만화도에 머문다고 해요?"

송교연이 놀란 표정으로 물었다.

"그가 어딜 가겠느냐? 아들을 두고."

"하긴……."

송교연이 기쁜 듯 고개를 끄떡였다.

"그러니 희망을 한번 가져 보거라."

야유사군의 말에 송교연의 표정이 갑자기 변했다. 그녀가 갑자기 우울한 음성으로 물었다.

"그런데 난 왜 그를 포기하지 못하는 걸까요?"

"그야 낸들 알겠느냐. 단지 한 가지 분명한 것은 있다."

"……?"

"궁도요는 무척 괜찮은 사람이란 거다."

*　　　*　　　*

물 위에 떠 있는 느낌이 들었다. 등에 차가운 기운도 느껴진다.

'정말 물인가?'

궁비영이 눈을 떴다. 순간 그의 얼굴에 물방울이 튀었다. 그는 정말 물 위에 떠 있었다.

'어디지?'

분명 망가진 몸을 고치기 위해 잠든 곳은 석실이었다. 그 안에 물은 없었다.

"일어났느냐?"

안도의 숨이 흘러나온다. 궁도요의 목소리다.

"어디죠?"

궁비영이 몸을 일으키려 하자 외려 그의 몸이 물속으로 깊이 들어갔다.

"움직이지 말거라. 아직은 더 있어야 한다."

"이게 뭐죠?"

다시 궁비영이 물었다.

"약탕이다."

"약탕이요?"

"천하의 영약이 녹아 있으니 함부로 움직이지 말거라. 귀한 물이다."

"여긴 어딘데요?"

다시 궁비영이 물었다.

"여전히 석실 안이다."

그러고 보니 움직일 수 있는 눈에 보이는 공간이 그리 넓지 않았다. 아마도 약물이 든 수조를 동굴 밖에서 동굴 안으로 들여온 모양이다.

"몸은 어떠냐?"

이번에는 궁도요가 물었다.

"나쁘지 않아요."

"막혀 있던 혈맥들이 뚫렸으니 이제부턴 너 하기 나름이다."

"뭘 해야 하죠?"

"잠시 기다리거라. 령주께서 오셔야 다음 일을 알 수 있다."

"어디 가셨죠?"

"지금은 한밤중이야."

당연히 쉬러 갈 시간이란 의미다. 하긴 그 때문인지 목소리는 제대로 들리지만 궁도요의 얼굴은 희미하게 보였다.

"제가 얼마나 잔 거죠?"

"닷새 동안 잤구나."

"생각보다 오래 잤군요."

"예상보다 몸이 많이 상했더구나."

"소남원주 양사의 손속이 보통 독한 것이 아니었거든요."

"교활한 자지."

궁도요가 대답했다.

"그를 잘 아세요?"

"일대의 흑성이다."

"아, 그도 흑성이었나요?"

"그렇단다. 하지만 이젠 흑성이라기보단 오죽노의 수하라
는 편이 어울리지. 마천과의 싸움에서 살아남은 흑성은 모두
오죽노의 심복이 되었을 게다."

"오죽노가 진심으로 원하는 것은 뭐죠?"

항상 그것이 궁금했다. 단지 천하무림의 안위를 걱정하는
자의 행동이라기에는 너무나 은밀하고 독한 면이 있는 오죽노
였다.

"그는 천하를 원한다."

"천하요?"

"그래. 천상천하유아독존! 그가 나를 꽤 신뢰했을 때 한 말
이지. 물론 농담처럼 한 말이지만, 사실 그의 행보는 그 길을
가고 있었다. 구천맹은 그에게 좋은 도구지."

"정말 위험한 자군요."

"아마 지금쯤은 구천맹의 수뇌들도 그를 경계하고 있을 것이다. 그러나 그럼에도 불구하고 그를 내치지 못하겠지."

"역시 마천 때문인가요?"

"그렇다. 마천과의 싸움이 모든 갈등을 묻어버리고 있는 형국이랄까."

"제가 그자를 상대할 수 있을까요?"

궁비영이 묻자 궁도요가 잠시 침묵을 지키다가 말했다.

"기왕에 계명흑성이 되고자 했으니 당부하마. 모든 일에 유령사들의 도움을 받아라. 세상일은 혼자 해결할 수 있는 것이 많지 않아. 특히 구천맹이나 마천 같은 무리를 상대하는 것은 말이다."

"알겠어요. 아버지도 도와주실 거죠?"

"난… 이 만화도를 떠나지 않을 거다."

"설마 저 홀로 강호로 나가라고요?"

"네가 선택한 길이니까."

"매정하시네요."

"난 다신 강호에 나가고 싶지 않구나."

"알겠어요. 제가 알아서 하죠. 령주가 오시면 깨워주세요. 또 졸리네요."

궁비영이 눈을 감았다. 그런 궁비영을 궁도요가 어둠 속에서 바라봤다. 그의 얼굴은 며칠 새 십 년은 더 늙어 보였다.

궁비영이 잠에서 깨어났을 때 그를 기다리고 있는 사람은 궁도요가 아니라 야유사군이었다.

"일어날 시간이네."

야유사군의 말에 궁비영이 몸을 바로 세웠다. 그러자 그의 몸이 물속에서 빙글 돌며 상체가 수조 위로 나왔다.

건장한 청년의 몸이 아름답게 빛난다. 야유사군이 다가와 궁비영의 몸을 세세하게 살폈다.

"어떤가요?"

"나쁘지 않네. 그러나 세맥은 여전히 막힌 곳이 있어."

"그건 역시 운기를 통해 뚫어야겠지요?"

"그 방법이 가장 좋지."

야유사군이 고개를 끄떡였다.

"일단 동굴을 나갈까요?"

"아니. 아직은 아니네."

"더 할 일이 있나요?"

"바로 계명흑성이 되기 위한 수련에 들어가세."

"지금 즉시요?"

"그렇게 하세. 그리고 그 수련은 이곳에서 이뤄져야 하네."

"이 동굴에서요? 왜죠?"

"그건 바로 이 동굴에 화인 노송 조사의 유산이 남아 있기 때문이지. 계명흑성의 자질을 지닌 사람이 나타나지 않아 지난 수백 년 동안 잠들어 있던 조사님의 유산을 이젠 열 때가 된 것 같네."

야유사군이 조금은 흥분한 표정으로 말했다.

"정말 그동안 누구도 그것을 보지 못했나요?"

"그렇다네."

"유령문의 문도들은 참 욕심이 없군요."

"본 문이 괜히 사람을 가려 뽑는 것이 아니네. 가세. 동굴 가장 안쪽에 비동이 있네."

"아버지를 뵙고요."

궁비영의 말에 야유사군이 고개를 저었다.

"도요 그 사람은 더 이상 이곳에 오지 않는다고 했네. 수련을 마치면 보자더군."

"왜 그런……?"

"음, 한 가지 말해줄 게 있네."

"……?"

궁비영의 침묵에 야유사군이 잠시 망설이는 듯하다 입을 열었다.

"자네에게 절대 말하지 말라고 했지만 난 세상에 비밀은 적을수록 좋다고 생각하는 사람이라서 말이네."

"아버지께 무슨 일이 있나요?"

궁비영이 걱정스런 표정으로 물었다.

"음, 사실 자네의 몸을 회복시키기 위해 도요 그 사람이 조금 무리를 했네."

"무슨……?"

"말라 버린 우물에서 새로 물을 긷기 위해선 씨물이 필요한 법이지."

"설마……?"

"그는 자네에게 선천지기를 나누어주었네. 그 기운을 씨앗으로 해서 만화도의 영약이 자네의 생기를 되살린 것이네."

"아버님은 어찌 되신 건가요?"

궁비영이 놀라 급히 물었다.

"걱정할 바는 없네. 단지 얼마간 정양을 해야겠지. 그리고 몸이 회복되어도 내력은 지금의 삼 할을 넘기 어려울 걸세."

"왜 그런……?"

"부모에게 가장 중요한 것은 자식이지. 아까울 것이 뭐가 있겠나? 그는 기쁘게 자네에게 자신의 원기를 주었네."

"뵈어야겠어요."

궁비영이 주섬주섬 옷을 입기 시작했다.

"다시 말하지만 수련을 마치기 전에는 만나지 않겠다고 했네."

야유사군이 서둘러 말렸다.

"예전부터 고집은 아버지보다 제가 더 셌지요."

궁비영이 퉁명하게 대답하고는 서둘러 동굴을 벗어났다. 그러자 야유사군이 혀를 차며 중얼거렸다.

"그 사람의 말이 맞았군. 사실을 알게 되면 수련이 미뤄질 것이라더니. 부전자전! 고집들은 정말… 쯧쯧."

"내 이 양반을 그냥! 자기 몸이 상하면 늙어서 누가 고생인데!"

궁비영이 괜히 화를 내며 궁도요의 거처로 달려갔다.

만화도의 아름다운 꽃도 눈에 들어오지 않았다. 자신을 위해 원기에 손상을 입은 궁도요에 대한 걱정이 앞선 그의 발끝에서 만화도의 꽃 몇 송이가 일그러졌다.

그런데 그렇게 달려가던 궁비영이 갑자기 걸음을 멈췄다. 그러고는 묘한 표정으로 궁도요의 초막 옆 꽃길을 바라봤다.

그곳에 두 남녀가 서 있다.

궁도요와 송교연이다. 송교연은 궁도요의 오른팔을 잡고 있었는데 아마도 몸이 쇠약해진 궁도요를 부축하고 있는 듯 보였다.

이상한 일이었다. 궁도요와 송교연이 함께 있는 모습을 보는 순간 궁비영의 화가 슬그머니 자취를 감췄다.

아름다운 광경이었다.

두 남녀가 만발한 꽃과 어우러져 그대로 정지해 버린 것 같았다. 그리고 한순간 궁비영은 자신이 이방인처럼 느껴졌다.

"나쁜 일은 아니지."

궁비영이 중얼거렸다.

이미 짐작하고 있던 일이다. 궁도요는 몰라도 소문주 송교연이 궁도요를 바라보는 시선은 절대 예사로운 것이 아니었다.

"어쩌면 오죽노의 청혼을 거절한 것도 아버지 때문이었을지 몰라."

궁비영이 처음으로 궁도요를 아버지가 아닌 한 인간으로 바라봤다.

궁도요의 삶에 대해 깊은 동정심이 생긴다. 그런데 그 모든 희생은 오직 자신, 궁비영의 삶을 위한 것이었다. 마지막으로 선천지기까지도 준 궁도요다. 반면에 궁비영 자신은 궁도요를 위해 한 일이 없었다.

"이 순간만이라도 방해하지 말아야겠지. 나도 염치가 있는 놈인데."

궁비영이 혼잣말을 중얼거리고는 신형을 돌렸다. 그러고는 야유사군이 기다리고 있을 동굴을 향해 서둘러 걸어가기 시작했다.

"갔소?"

궁도요가 물었다.

"갔어요."

"음, 그럼 이제 됐소."

궁도요가 가만히 송교연의 손을 밀어냈다. 그러자 송교연이 서운한 표정으로 말했다.

"그냥 있어도 돼요. 몸도 성치 않으면서……."

"미안해서 그렇소."

"미안한 일이 어디 이번 한 번뿐인가요?"

"음……."

궁도요가 당황한 듯 나직이 침음성을 흘렸다.

"호호, 농담이에요. 어쨌든 전 오히려 궁 소협이 고맙네요."

"뭐가 말이오? 계명흑성이 되겠다고 해서 말이오?"

"아뇨. 궁 소협 덕분에 이렇게 다정하게 함께 있을 수 있었으니까요. 이런 일이 처음이란 건 아시죠?"

"녀석을 돌려보내기 위해 한 일이니 특별한 의미는 두지 마시오."

"호호, 그건 어렵겠어요. 당신은 어떨지 모르겠지만 저에게는 아주 특별한 순간이었으니까요."

"겨우 부축 한 번 해준 것 갖고 말이오?"

"겨우 한 번뿐이지만… 당신 손을 잡았잖아요. 그것 역시 처음이란 걸 아세요? 우리가 만난 것이 십 년이 넘었어요. 그런데 처음 당신 손을 잡았죠."

"그야 비영 때문이지 않소?"

"이유야 어쨌든 제겐 당신 손을 잡았다는 사실이 중요해요. 그리고 이젠 고집을 좀 부려볼 생각이에요."

"무슨 고집 말이오?"

"한 번 잡은 손 놓기가 싫다는 말이죠."

송교연이 다시 궁도요의 팔을 잡았다. 그런데 이번에는 궁도요도 그녀의 팔을 걷어내지 않았다. 운명이 그렇게 한순간에 이뤄진다는 것을 궁도요의 나이쯤 되면 능히 알고 있기 때문이다.

*　　　*　　　*

"교연은 좋은 아이네."

야유사군이 궁비영을 동굴 깊숙한 곳으로 데려가면서 말했다.

"보셨어요?"

궁비영이 되물었다.

"혹시 계명흑성의 재목이 도망갈까 봐 따라가 봤지."

"언제부터였어요?"

"두 사람?"

궁도요와 송교연을 말하는 것이다.

"예."

"교연이 자네 부친을 마음에 둔 것이야 오래된 일이네. 물론 자네 부친은 교연을 받아들이지 않았지만."

"그래요? 왜 그랬을까요, 아버지가?"

"그에겐 오직 자네만 중요했으니까."

야유사군이 말했다.

"좀 전에 보니까 제법 사이가 좋아 보이시던데요?"

"사이야 좋지. 다만 그게 남녀의 인연으로 발전하지는 못했다는 것이 서운한 일이지. 그런데 자네 생각은 어때?"

"음, 뭐, 나쁘지는 않을 것 같군요."

"어머니에 대한 미안함 같은 것은 없나?"

"이미 오래전에 돌아가신 걸요. 이쯤 되면 외려 어머니도 바라시는 일일 겁니다."

"그럼 이번 일이 끝나면 한번 밀어붙여 보세."

"저야 좋지요. 늙은 아버지 시중드는 일에서 벗어날 수 있으니."

"모르지. 늙은 어머니까지 모셔야 할지."

"어? 그렇게 되나요?"

궁비영이 아차 하는 표정을 지었다.

"다 왔네."

야유사군이 이끼가 가득 낀 석문 앞에서 걸음을 멈췄다. 그러자 궁비영도 금세 궁도요와 송교연의 일을 잊었다.

"기이한 문이군요."

"어떤 화공도 이런 그림을 그리지는 못할 걸세."

석문에는 만화도를 재연한 듯한 꽃의 세계가 새겨져 있었다. 비록 오래되어 이끼가 끼어 있기는 해도 손으로 이끼를 한 번 밀자 금세 그 생생함이 살아났다.

"놀라운 솜씨군요."

"화인 노송 조사의 검이 이러했다고 하더군. 너무 날카로워서 그 검식을 보는 것만으로 사람들이 오금을 저렸다고."

"살수의 검이었나요?"

"아무래도 그렇지. 육혈무성들이 원한 것은 무인이 아니라 살귀였으니까."

"살수의 검을 수련한 분이 새긴 그림이라고는 믿을 수 없을 만큼 아름답군요."

"음, 이유가 있네."

"……?"

"이 석화(石畵)는 사실 화인 조사께서 수련의 일환으로 새기셨다고 하네. 당신의 검에 밴 살기를 없애기 위한 수련 말일세."

"아!"

"당신의 무공을 싫어하셨지. 아마 이 만화도에 거처를 정하신 것도 그런 이유인 것 같네. 초기 흑성들의 몸에 밴 살기와 세상에 대한 원망 같은 것을 털어버리기에는 이만한 곳이 없었겠지."

야유사군의 말에 궁비영이 고개를 끄떡였다.

"그렇긴 하죠. 이런 섬에 며칠만 있으면 살귀도 선인이 될 것 같으니까요."

"후후, 물론 그런 일이 자주 일어나지는 않지만 섬의 꽃들이 사람의 마음에 영향을 주는 것은 맞네. 조사께서는 이 석화를 새기시면서 한편으로는 육혈무성이 전한 무공을 극복하기 위해 노력하셨네."

"새로운 무공을 만드신 건가요?"

"그렇다네. 그것이 바로 혼돈공이네."

"제가 어려서부터 저도 모르게 수련한 신공 말이군요."

"맞네. 사실 세상에 제대로 알려지지 않아서 그렇지 혼돈공과 같은 신공을 만든다는 것은 무림사에 일대 사건이라고 할 수 있지."

"그런 사람들을 대종사라 하나요?"

"그렇게들 부르지. 아무튼 그 혼돈공이 오늘날의 유령문을 만들었네. 혼돈공은 실로 뛰어난 무공이네. 둔재를 일류고수로 만들 수 있는 신공이지. 당시 조사를 모시고 이 섬에 들어온 초대 사왕께선 조사께서 혼돈공을 완성하자 무척 안타까워하셨다고 하네."

"무엇 때문에 말입니까?"

"좀 더 일찍 혼돈공과 같은 신공을 알았다면 육혈무성을 제거할 때 그렇게 많은 형제가 죽지는 않았을 거란 생각에서지."

"대단한 자부심이군요."

"나 역시 그럴 만한 무공이라고 생각하네. 자, 들어가세."

야유사군이 꽃이 가득한 석문을 밀었다. 그러자 둔중한 소리와 함께 수백 년 동안 닫혀왔던 문이 열렸다.

어두운 석실에 꽃 향이 가득했다. 이상한 일이었다. 수백 년 동안 닫혀 있던 석실에 어떻게 꽃 향이 가득할까.

그런데 더 이상한 것은 야유사군조차도 그 이유를 모른다는 것이었다.

"사실 나도 처음 들어와 보는 곳이라서 말이야."

석실에 가득한 꽃 향에 대해 물었을 때 야유사군이 한 대답이다. 두 사람은 혹시 밖으로 통하는 다른 통로가 있을까 하여 석실 곳곳을 살폈지만 그들이 들어온 곳 말고는 그 어디에도 출입구가 없었다.

"이리 와 앉게."

일찌감치 외부로 통하는 다른 출구를 찾는 일을 포기한 야유사군이 계속 석실을 둘러보는 궁비영을 불렀다.

궁비영이 아쉬운 기색으로 다시 한 번 석실을 스윽 둘러보고는 야유사군 앞에 다가와 앉았다.

그러자 야유사군이 석실 가운데 놓인 석탁에 몇 가지 물건을 올려놓았다.

낡은 비급, 십여 장의 양피지, 그리고 건량 두어 자루였다.

"이 비급은 유령문의 모든 무공을 기록한 것이네. 물론 거의 대부분은 자네가 알고 있는 무공과 흡사할 것이네. 구천맹 흑성의 무공 뿌리가 이것이니까."

"궁금한 것이 있습니다."

"말해보게."

"정말 구천맹을 믿은 것입니까? 아니, 오죽노를 믿으셨나요?"

"음, 이 무공들을 흑성 수련에 내어준 일을 두고 하는 말이군."

"맞습니다. 어떤 문파라도 자파의 무공을 함부로 외부에 전하지 않지요. 아무리 신뢰하는 사이라도. 그런데 구천맹과 오죽노는 그런 사람도 아니지 않습니까?"

이상한 일이기는 했다. 왜 유령문은 구천맹 흑성 수련에 자신들의 무공을 내어준 것일까. 강호의 생리를 아는 사람이라면 쉽게 이해할 수 없는 일이었다.

"솔직히 말하자면 모든 것을 내어준 것은 아니네. 자네가 이 비급을 보게 된다면 구천맹의 흑성들은 영원히 본 문의 유령사를 상대할 수 없다는 것을 알게 될 걸세."

"통제할 수 있는 수준의 무공만을 내어줬다는 건가요?"

"그렇다네."

"그러나 그들이 유령문에서 내어준 무공만 수련하는 것은 아니지 않습니까? 그러니 위험하기는 마찬가지지요. 이쪽 무공의 특성을 알게 되니."

"물론 그런 위험도 있기는 했네. 하지만 뭔가를 얻으려면 포기해야 하는 것도 있어야 하는 법일세."

"유령문의 자존을 위해서 말인가요?"

"아닐세. 솔직히 말해주지. 이젠 그래도 되니까. 사실 본 문이 원하는 것은 따로 있었네."

"……?"

"우린 구천맹의 흑성 수련을 통해 계명흑성의 인재를 찾고 있었네."

"아!"

궁비영이 나직하게 탄식을 흘렸다.

"우리에겐 아주 좋은 기회였네. 구천맹에서 고른 사람들은 계명흑성이 되기 위한 두 가지 조건을 갖추고 있었지."

"어떤 조건 말입니까?"

"하나는 흑성의 재목으로 뽑혔으니 무재가 출중할 것이란 거고, 다른 하나는 흑성으로 만들어질 사람이라면 구파에서 소외된 자들이란 거지. 재능은 있지만 버림받은 자들이랄까.

본 문의 문도가 되는 사람들의 특징은 그러하네."

야유사군의 말에 궁비영이 내심 탄복했다. 오죽노나 구천맹이 유령문을 이용한 것이 아니라 유령문이 외려 구천맹을 이용한 것이다.

"하지만 결국 실패한 건가요?"

"계명흑성의 재목이 그리 쉽게 발견되는 것은 아니지. 그러나 아주 실패라고는 할 수 없네. 내 눈에 든 두 사람이 있었어."

"그게 누군가요?"

궁비영이 호기심을 드러냈다.

"물론 그야 자네 아버지와 자네일세."

"하아!"

"그러니 실패가 아니네. 그 증거로 지금 자네가 내 눈앞에 있지 않은가? 물론 이 모든 것이 운명의 이끌림에 의한 것이지만 결과는 자네가 내 앞에 있다는 거지. 계명흑성이 되기 위해."

생각해 보면 두려운 일이기도 했다. 이 모든 것이 계획된 일이라면 얼마나 무서운 일인가. 외려 우연으로 운명처럼 일어난 일임에 그나마 안심이 되는 궁비영이었다.

"이건 뭔가요?"

궁비영이 십여 장의 양피지를 가리키며 물었다. 그러자 야유사군이 조심스럽게 양피지를 들어 올리며 말했다.

"이것이야말로 계명흑성을 완성하기 위해 가장 중요한 물건이네. 석실을 살펴봤지?"

"예."

"뭐 이상한 점이 없던가? 이 꽃향기 말고 말이야."

야유사군의 물음에 궁비영이 다시 한 번 석실을 둘러보며
말했다.

"이상한 것이 있긴 하더군요. 석문의 그림은 전혀 무뎌지지
않았는데 이 석실의 벽화들은 많이 상했더군요. 군데군데 아
예 없어진 부분도 있고."

"자, 그럼 이것들을 보게."

야유사군이 궁비영에게 양피지를 건넸다.

궁비영이 양피지를 건네받아 자세히 살펴보니 그 또한 이상
했다. 양피지 안에는 무공을 펼치는 사람의 모습이 그려져 있
었는데, 반 이상이 지워져 있어 도저히 정확한 자세를 알 수가
없었다.

"아깝군요."

"그렇지?"

"유령문의 물건이 아닌가 보죠? 유령문의 것이라면 이렇게
훼손되게 보관하지 않을 텐데요."

궁비영이 물었다.

"아닐세. 그건 유령문의 물건일세. 그리고 그 그림들은 훼
손된 것이 아닐세."

"훼손된 것이 아니라고요?"

"그렇다네. 그건 본래부터 그러했다네."

그러자 궁비영이 다시 한 번 양피지를 살폈다. 그러나 누가 보아도 양피지의 그림은 훼손되어 있는 것이 분명했다.

"왜 이런 그림을……?"

궁비영이 이해할 수 없다는 듯 물었다.

"조사께선 이곳 만화도에 머물면서 자신만의 무학을 완성시켜 가셨네. 혼돈공이 완성된 이후에도 여전히 조사께서는 무학에 심취하셨지. 시작은 육혈무성이 키운 살수셨지만 이곳에 머물며 그들의 경지를 넘어서는 성취를 이뤄내신 것이지."

"대단한 분이군요."

"그런데 그렇게 절대의 무공을 완성하신 후 그분께서는 오히려 뒷일을 걱정하셨네. 그 무공을 유령문의 유령사에게 전수하는 일이 그리 간단치 않다는 것을 깨달으신 거지."

야유사군이 자리에서 일어났다. 그러고는 석벽 한곳으로 다가가 그곳에 새겨진 그림, 군데군데 무뎌져 버린 그림들을 매만지며 다시 입을 열었다.

"그분의 걱정은 두 가지였네. 하나는 자질이 부족한 자가 함부로 이 무공들을 수련하다 주화입마에 빠지는 것이네. 아니, 거의 대부분의 사람이 그리될 것이라고 생각하셨지. 그분이 말년에 창안한 무공들은 그렇게 위험한 것이었네."

"두 번째 걱정은요?"

"비인부전, 위험한 무공이 위험한 자의 손에 들어가는 것을 걱정했네. 비록 유령문의 문도는 문주와 사왕이 가려 뽑는다지만 사람의 일이란 알 수 없는 것이니까. 만약의 경우 사악한 자의 손에 이 무공이 들어간다면 필시 강호에 일대 살성이 출혈하게 될 것을 걱정하셨네."

"그야 모든 무공이 마찬가지죠."

궁비영의 말에 야유사군이 고개를 저었다.

"그렇지가 않네. 비록 조사께선 이곳에서 육혈무성의 무공을 넘어섰지만 그 뿌리가 결국 살수의 그것이란 건 변하지 않았다네. 살기가 숨어 있는 무공이란 것이지. 그래서 그 살기를 이겨낼 자가 아니면 전수할 수 없는 무공이란 결론을 내리신 거네."

"그게 이 양피지와 무슨 상관인가요?"

궁비영이 묻자 야유사군이 다시 궁비영의 앞으로 다가와 앉으며 말했다.

"그래서 그분은 자신의 무공을 누구에게도 전수하지 않았네. 대신 이 석실과 그 양피지에 나누어 남겨놓으셨지. 두 개의 그림을 합쳐 보면 그분의 무공을 온전히 알 수 있게 되는 거지."

야유사군의 말에 궁비영이 놀란 표정으로 양피지를 들어 석벽에 새겨진 그림들과 번갈아 바라봤다. 그러자 과연 그의 머릿속에 몇 개의 완성된 형상이 떠올랐다.

그 모습을 보고 있던 야유사군이 다시 입을 열었다.

"더불어 조사께선 이런 유훈을 남기셨네. 오직 유령문이 존폐의 위기에 섰을 때, 그리하여 새로운 계명흑성이 필요할 때만 이 석실을 열어 당신의 무공을 계명흑성에게 전하라고, 계명흑성의 재목이 아니면 설혹 문주라도 이 석실을 열지 말라고 말일세. 이것이야말로 진실한 계명흑성의 전설이라네."

제4장
학인 노승의 무(武)

"제길, 사람을 불러 청소를 하게 할걸 그랬나?"

매캐한 먼지 속에서 궁비영이 투덜거렸다. 야유사군이 석실을 떠난 후 이틀 동안 궁비영은 석벽을 닦아내는 일로 시간을 보내고 있었다.

제법 잘 보존된 석벽의 그림이지만 그래도 시간의 때가 묻지 않을 수 없었다.

양피지의 그림과 석벽의 그림을 합치려면 일단 석벽의 벽화가 온전히 그 모습을 드러내야 했다.

"이제 좀 볼만하군."

궁비영이 손에 들고 있던 천조가리를 집어 던지며 한결 깨끗해진 석벽을 둘러봤다.

기이한 그림들, 팔이 잘리고 다리가 잘리고, 혹은 상체가 전부 없어져 버린 사람의 형상이 석벽에 가득하다. 석화의 내력을 모르고 보면 귀화라고 오해받기 십상이 그림이었다.

궁비영이 석화를 보며 고개를 한 번 끄떡이고는 석탁에 자리를 잡고 앉아 야유사군이 건네준 양피지를 펼쳤다. 양피지에도 석벽에 새겨진 그림과 비슷한 그림이 가득했다.

"이제 화공이 되어야 할 시간인가?"

궁비영이 중얼거리면서 석탁 밑에서 몇 개의 물건을 꺼내 올렸다. 서너 개의 붓과 염료가 들어 있는 세 개의 통이다.

궁비영이 염료통을 연 후 붓을 염료에 담갔다. 그러고는 석벽에 새겨진 그림을 보며 완성되지 않은 양피지의 그림을 그려 나가기 시작했다.

양피지의 무도(武圖)를 완성하는 데 꼬박 닷새가 걸렸다. 무도라는 것은 작은 동작 하나만 잘못 그려도 그 내용이 판이하게 달라지기 때문에 신중을 기하지 않을 수 없었다.

한 장의 양피지가 완성될 때마다 궁비영은 석벽으로 다가가 자신이 그린 것이 정확한지를 세세하게 확인했다. 마치 눈먼 자가 손을 더듬어 길을 가듯 조심스런 작업이었다.

그렇게 닷새 동안 잠을 잊어가며 양피지의 무도를 완성한 궁비영이 한순간 붓을 던져 버렸다.

"에이, 이제 끝났군. 제길, 잠을 좀 자야겠어. 저승사자가 와도 더 이상 잠을 참을 수는 없어."

말이 끝나기도 전에 궁비영은 침상에 벌렁 누워 잠이 들었다. 닷새 동안 잠을 자지 못한 그의 몸이 마약에 취한 듯 잠에 빠져들었다.

기이한 꿈이었다.

꿈속에서 궁비영은 춤을 췄다. 몸이 가벼워 새처럼 허공에 떠올랐다. 그리고 그 허공에서 궁비영은 신비로운 춤을 췄다.

어디서도 배워보지 못한 춤, 한없이 가볍다가 가끔은 절벽에 떨어지는 듯한, 가위를 눌릴 만큼 두려운 춤이었다.

그러나 가위에 눌렸다고 궁비영이 잠에서 깨지는 않았다. 어느 틈에 든든한 기운이 발아래에서 올라와 그를 다시 허공에 띄웠다. 덕분에 꿈은 끝나지 않고 이어졌다.

어느 때부터인가는 그 꿈이 계속 같은 동작을 반복하고 있었다. 수십 개의 동작이 끊임없이 반복됐다. 가끔 잠들어 있는 궁비영의 손발이 꿈속의 춤사위에 맞춰 움직일 때도 있었다.

그렇게 잠과 꿈 사이에서 다시 하루가 지났다.

그리고 궁비영이 눈을 떴다.

"뭘 한 거지?"

잠에서 깨어난 궁비영이 중얼거렸다. 몸은 가벼웠다. 피곤함은 사라지고 없었다.

그러나 머리는 그렇지 못했다. 마치 한숨도 못 잔 사람처럼 머리가 무거웠다.

"제길, 무슨 그런 꿈을……. 춤꾼이 될 것도 아니고… 아니,

그게 아닌데?"

궁비영이 무슨 생각이 들었는지 훌쩍 침상에서 일어나 석탁으로 달려갔다. 그러고는 자신이 며칠 동안 심혈을 기울여 완성한 양피지의 그림을 살폈다.

"오호라, 이거였군."

궁비영의 얼굴에 미소가 떠올랐다. 그가 꿈속에 춘 춤의 정체를 알아낸 것이다.

"흐흐, 정말 가상한 일이 아닌가. 꿈속에서조차 무공을 수련하다니."

궁비영이 꿈속에서 추었던 춤은 그가 양피지에 완성한 무도의 동작들이었다.

한 장에 열두 개씩 모두 일백이십 개의 자세다. 한 장에 든 열두 개의 동작이 하나로 이어지니 초식으로 보자면 열두 초식. 그런데 기이한 것이 검을 들면 검식이오, 도를 들면 도초인 무공이다.

"어쩌면 박투술로도 쓸 수 있을 것 같은데……."

궁비영이 신기한 듯 양피지 속의 무공들을 들여다보다가 석탁 옆으로 나와 그중 하나를 따라 하기 시작했다.

그런데 이상한 일이 벌어졌다. 꿈속에서는 쉽게 취할 수 있던 동작들이 실제로는 전혀 하나의 흐름으로 이어지지 않는 것이다.

흐름이 뚝뚝 끊어지는 초식은 무공으로서의 가치가 없다. 고수의 눈에 끊어짐이 드러나는 순간 적에게 사혈을 내주는 것이나 마찬가지이기 때문이다.

"제길, 어쩐지 쉽게 풀린다 했어."

궁비영이 다시 중얼거렸다. 생각해 보면 맹랑한 기대였다. 화인 노송의 무공이 그리 녹록할 리가 없었다.

"일단은 유령문의 무공을 먼저 살펴보는 것이 낫겠어. 화인 노송의 무공은 다른 것들을 제대로 익힌 후에나 수련할 수 있는 무공일 테니까."

궁비영이 이번에는 야유사군이 주고 간 비급, 유령문의 무공이 들어 있는 비급을 펼쳤다.

그의 눈에 가장 먼저 들어온 것은 혼돈공의 비결이었다. 혼돈공은 유령문 무공의 뿌리이니 당연한 일이다.

궁비영이 슬쩍 책장을 넘겼다. 그러자 두 번째 무공이 나타난다.

"유령보라……. 아마도 월천보의 근간이 된 무공일 테고, 지옥수는 암기법, 탈명검은 살검, 그리고 무영환은 천환의 근거가 되는 것이군. 이거 여기서 다시 혹성 수련을 해야 하는 건가?"

궁비영이 쓸쓸하게 미소를 지었다.

그가 수련해야 할 무공은 사실 무명도에서 모두 수련한 것들이었다. 그러나 같은 것이면서도 다른 무공이기도 했다. 유령문이 이 무공들의 정수를 구천맹에게 넘기지 않았기 때문이다.

"지루하긴 해도 수월하겠군. 기초는 되어 있으니. 이런 경우 몸보다는 머리가 고생을 하게 마련인데…….”

무공의 기초는 몸으로 수련하고 정수는 머리로 얻어내야 한다. 그러므로 궁비영이 할 일은 이 비급들을 깊이 들여다보는 일일 것이다.

“휴, 빠르면 빠를수록 좋다고 했는데…….”

야유사군은 궁비영을 석실에 놓아두고 나가면서 수련의 성취에 전력을 다해줄 것을 당부했다. 강호의 정세가 급박하니 최대한 빨리 계명흑성을 세상에 내놓고 싶은 마음에서 한 말일 것이다.

그러나 무공이란 것이 욕심대로 성취되는 것이 아니란 것은 야유사군이 더 잘 알고 있을 것이다.

“노인네가 왜 그렇게 다쳐서는…….”

궁비영이 혀를 찼다. 마곡산의 혈사를 겪으며 크게 몸이 상한 야유사군을 두고 하는 말이다.

물론 지금도 야유사군은 무서운 고수지만 만약 마곡산에서 화를 당하지 않았다면 어쩌면 계명흑성은 필요 없었을지도 모른다.

“아무튼 게으름을 피울 시간은 없다는 거지. 시작해 보자고!”

궁비영이 자리에서 일어났다. 그러고는 한쪽에 놓아둔 검을 빼 들었다.

수련의 시작은 언제나 처음으로 돌아가는 일. 무명도에서 수련한 무공들을 다시 살펴보는 것으로 궁비영의 무공 수련은 시작됐다.

*　　　*　　　*

"어떻습니까?"

궁도요가 동굴 입구에서 서성이다 밖으로 나오는 야유사군에게 물었다.

화인 노송의 무공을 수련하는 궁비영이야 석실에서 나오지 않고 있지만 야유사군은 보름에 한 번은 꼭 석실을 다녀왔다.

먹을 양식을 전해줘야 한다는 이유를 댔지만 사실은 궁비영의 상태를 살피려는 목적이 더 컸다.

사실 계명흑성을 위해 준비된 화인 노송의 무공은 유령문의 문도 중 수련한 사람이 아무도 없었다. 야유사군에게조차도 그 무공은 생소한 것이었다.

그러니 곁에서 도와주는 사람도 없이 홀로 화인 노송의 무공을 수련하는 궁비영을 걱정하지 않을 수 없었다.

드러내 놓고 언급하지는 않았지만 자칫하다가는 주화입마에 빠질 수도 있었다. 그러니 궁비영의 수련을 세심하게 살피지 않을 수 없는 야유사군이었다.

"나도 모르겠네."

"그게 무슨 소립니까?"

궁도요가 화를 냈다. 당장에라도 동굴 안으로 뛰어들 기세다.

계명흑성의 무공을 전한 것은 야유사군이다. 그런데 당사자가 궁비영의 상태를 모르겠다고 말하니 화가 나지 않을 수 없었다.

"자네가 내게 화를 다 내는군."

야유사군이 멋쩍은 표정으로 말했다.

"문주께서 모르시면 누가 그 아이의 상태를 압니까? 기분 상하실 일이 아니지요."

궁비영의 일에 관해선 한 치도 양보할 생각이 없는 궁도요다.

"걱정 말게. 몸 상태를 두고 하는 말은 아니니까. 내가 모르겠다고 하는 것은 비영의 성취일세."

"몸은 이상이 없는 것이 확실합니까?"

"그건 걱정 말라고 하지 않았는가."

"그럼 됐습니다."

"무공의 성취는 궁금하지 않은가?"

"그야 제 일이 아니지요."

"매정한 사람이로고. 이제 자네도 유령문의 사람이 아닌가?"

"제가 왜 유령문의 문도입니까?"

"아들은 유령문의 전설인 계명흑성이 될 것이고, 정인은 유령문의 소문주인 사람이 유령문의 문도가 아니면 누가 유령문의 사람이란 말인가?"

"교연과는 아직……."

궁도요가 말을 얼버무린다.

"설마 이 지경에도 혼인을 하지 않겠다는 건가? 지난 몇 달 동안 함께 지낸 것은 뭔가?"

"그거야 교연이 절 도와주기에 그런 것이지요."

"자네들이야 어떨지 몰라도 다른 사람은 그리 생각지 않네. 이미 두 사람이 부부의 연을 맺었다고들 생각하고 있단 말이야. 이제 와서 아니라고 하면 교연에게 너무 가혹한 일이 아닌가?"

"그 일은… 비영의 허락이 있어야 하는 일입니다."

궁도요의 말에 야유사군이 혀를 찬다.

"쯧쯧, 자네 나이도 이제 오십이 넘었네. 그런데 일신의 일마저 아들의 허락이 필요하단 말인가?"

"아비 노릇을 제대로 한 적이 없어서……."

"비영은 걱정 말세. 자신을 위해 자네가 희생했다는 것을 누구보다 잘 아니까. 비단 선천지기의 문제가 아니라 자네의 삶을 두고 하는 말일세. 그리고 그 아이는 이미 허락했다네."

"설마 저와 교연의 이야기를 비영에게 했습니까?"

궁도요가 놀란 표정으로 물었다. 무공 수련에 몰두하고 있는 궁비영에게 바깥일을 알려 정신을 혼란케 하는 것은 위험한 일이었다.

"걱정 말게. 수련을 시작하기 전에 안 것이니까. 자네가 자신에게 원기를 주었다는 소리를 듣고 동굴을 뛰쳐나갔을 때 두 사람의 모습을 보고 그냥 돌아온 아이가 아닌가."

"그야 제가 일부러……."

"아무튼 그 모습을 보고 비영은 자신 말고도 자네를 돌봐줄 사람이 있다는 것을 깨닫게 된 것이지. 그 당시 아무 말 없이 무공 수련을 위해 돌아온 것으로 이미 비영은 두 사람의 관계를 허락한 것이 아니겠는가?"

"……."

궁도요가 야유사군의 말에 달리 대답을 하지 않는다.

"하여간 고집하고는……."

"비영이 수련을 마치면 그때 상의해 보지요."

"허허, 정말 고지식한 사람이란 말이야."

야유사군이 고개를 젓는다.

"그건 그렇고, 무공의 성취 정도를 알 수 없다는 건 무슨 말입니까?"

궁도요가 급히 화제를 돌렸다.

"음, 그것이 내가 보는 앞에서는 단 한 번도 검을 잡거나 몸을 움직이지 않았으니까."

"그럼 뭘 하고 있습니까?"

"그저 내가 준 비급을 들여다보고 있든지 아니면 운기를 하든지, 그도 아니면 잠을 자더군."

"잠을 잔단 말입니까? 령주께서 왔는데도?"

"그러더군. 그것도 아주 깊이 잠이 드는 경우가 많더군."

"이상한 일이군요. 게으른 아이가 아닌데……."

"모르지. 무공 수련에 워낙 많은 심력을 소비하다 보니 다른 때보다 잠이 많은지도."

"그 정도로 나약한 아이는 아니지요. 역시 몸이 안 좋은 것은 아닐까요?"

"전혀 그런 기색은 보이지 않았네."

야유사군의 대답에 궁도요가 난감한 표정을 짓는다. 그러다가 야유사군을 보며 말했다.

"제가 한번 가볼까요?"

"아닐세. 오늘도 말했다네. 자네가 석실에 오지 못하게 하라고. 아마도 자네 건강이 걱정되는 모양이야. 자넬 보면 마음이 편치 않을 걸세."

"저야 이젠 괜찮습니다만……."

"자넨 어떨지 모르지만 보는 사람은 그렇지 않네. 아직은 정양이 필요해."

"그렇게 보인다면 어쩔 수 없지요."

궁도요가 가볍게 한숨을 쉬며 말했다.

"어쨌든 이 일은 결국 시간이 모든 것을 말해줄 걸세. 우린 그저 기다리는 수밖에 방법이 없어."

"순서를 바꾸면 어떨까요?"

"공력을 먼저 높여주자는 말인가?"

"그렇습니다."

"안 될 일이네. 혼돈공의 성취가 높지 않고서는 함부로 적주(赤珠)를 쓸 수 없네. 자칫하다가는 심맥이 모두 타버릴 거야."

"그렇게 위험한 물건인가요?"

"복과 화가 공존하는 물건이지. 세심하게 복용해야 하네. 지금은 때가 아니야."

"그렇다면 어쩔 수 없는 일이지요."

"일단 기다려 보세."

야유사군이 자신이 나온 동굴 쪽을 보며 말했다.

잠을 자야 하는 이유는 하나다. 화인 노송이 남긴 무공을 세세하게 가르쳐 줄 스승이 없으니 꿈이 오직 유일한 방책이었다.

꿈속에서 궁비영은 완벽하게 화인 노송의 무공의 재현할 수 있었다. 그 기억을 다시 되살려 꿈에서 깬 후 무공을 수련하는 식으로 그는 한 동작 한 동작 화인 노송의 무공을 수련하고 있었다.

야유사군이나 궁도요가 전혀 생각지도 못한 그의 무공 수련법은 생각보다 제법 효과가 좋았다. 그의 무의식은 꿈을 기억하기 때문이었다.

자면서 무공을 수련한다고 하면 세상 사람 모두가 비웃겠지만 궁비영의 몽중 수행은 그의 무공을 크게 진보시켰다.

잠을 자면서는 양피지의 무공을 수련하고 깨어서는 야유사군이 건네준 유령문의 비급을 참구했다. 그중에서도 궁비영이 특히 집중한 것은 혼돈공이었다.

유령문의 모든 무공은 혼돈공을 기반으로 만들어졌기에 혼돈공의 수련에 더욱 신경 쓸 수밖에 없는 궁비영이었다.

＊　　　＊　　　＊

그렇게 세월이 흘렀다.

사시사철 꽃이 만발한 만화도에도 겨울이 왔다. 겨울이라 해봐야 눈 구경하기 힘든 만화도지만, 그래도 아침저녁으로 쌀쌀한 기운이 느껴지기도 했다.

추운 날에 피는 꽃들이 여름날의 꽃을 대신해서 겨울임에도 여전히 만화도는 꽃의 섬이었다.

그렇게 만화도가 다른 꽃으로 옷을 갈아입을 때쯤 궁비영이 폐관 수련하는 동굴 안쪽에서 가끔씩 기이한 울림이 들려오기 시작했다.

쿵쿵쿵!

한 번 울리면 거의 한 시진은 족히 이어지는 그 소리가 처음에는 사람들을 걱정스럽게 했지만 그것도 잠시, 며칠이 지나자 사람들은 그 울림에 익숙해져 갔다.

그리고 그즈음 야유사군이 바쁘게 움직이기 시작했다. 때를 같이해 강호에서 사왕 중 둘이 들어왔다. 동왕 귀보전과 남왕 적하연이 바로 그들이었는데, 그들이 만화도로 들어온 이유는 오직 하나, 계명흑성의 완성을 위해서였다.

"이것이 바로 설루구려."

야유사군이 조심스레 투명한 옥병에 든 액체를 들어 올렸다.

"설후 은현이 끝까지 망설였지요."

유령문의 사왕 중 유일한 여인인 남왕 적하연이 대답했다.

마곡의 혈사에서 유령문은 두 명의 사왕을 잃었는데, 전대 동왕과 남왕인 사록과 고엽이라는 절정고수들이다.

남왕 적하연은 죽은 남왕 고엽의 제자로 그녀의 뒤를 이어 남왕의 자리에 오른 중년의 여고수다.

반면 그 맞은편에 앉아 있는 동왕 귀보전은 전대 동왕 사록의 사제로 유령문에서는 배분이 가장 높은 축에 속하는 인물이다.

"남왕께서 수고하셨소."

야유사군이 적하연을 보며 말했다.

"모두 돌아가신 사부님 덕이지요."

"그렇구려. 죽어서조차 본 문에 큰 힘이 되어주는구려. 아까운 사람……."

"설후께서 두 가지 당부를 하셨습니다."

"무엇이오?"

"령주님의 성품을 믿지 못하는 것은 아니나 설루를 조심히 다루라는 당부가 있었습니다."

"음, 이 물건을 사특한 곳에 쓸까 걱정한 것이구려."

야유사군이 고개를 끄떡인다.

"그렇지요. 워낙 위험한 물건이니까요. 이 한 병의 설루로

일천의 목숨을 앗을 수 있다고 했습니다. 잘 쓰면 약, 잘못 쓰면 독인 대표적인 물건이니까요."

적하연이 말했다.

"그래, 두 번째 당부는 무엇이었소?"

"다른 사람은 몰라도 두 사람의 목숨은 거둬달라고 하더군요."

"역시……."

야유사군이 이미 짐작하고 있었다는 듯 말했다.

"짐작대로십니다. 오죽노와 제룡가주 척담산입니다."

"오죽노는 마곡산 혈사의 원흉이고, 제룡가주 척담산은 전대 남왕에게 직접 살수를 쓴 자이니 당연히 본 문의 제일 적이라 할 수 있지. 설후의 당부가 아니라도 그 일은 이미 유령문에 주어진 숙명 같은 일이 아니겠소."

"그렇지요."

남왕 적하연이 대답했다. 그러자 야유사군이 다시 물었다.

"혹 설후의 강호 출도에 대해선 상의해 봤소?"

"아무래도 그건 어려울 것 같더군요."

"음, 사사로운 감정을 앞세울 상황은 아니겠지. 설후 역시 빙궁의 안위를 책임지고 있는 사람이니……."

"마천과 구천맹 양쪽 모두에서 빙궁에 사람을 보내고 있는 모양입니다. 하지만 설후는 이럴 때일수록 북방으로 물러나 중립을 지키는 것이 낫다고 생각하는 듯했습니다."

"이 싸움에 희생을 강요할 수 없는 일이긴 하오. 설루를 내어준 것만으로도 큰 도움을 받은 것이니까."

야유사군이 말했다. 그러자 침묵을 지키고 있던 동왕 귀보전이 물었다.

"계명흑성의 성취는 어떻습니까?"

그는 이미 궁비영을 계명흑성으로 부르고 있었다.

"설루가 제때에 도착했소."

"하면……?"

"이젠 적주의 힘을 감당할 때가 된 것 같소."

"아, 기대는 했지만 정말 놀라운 속도군요."

"사실 나도 놀랐소. 생각해 보건대 아마도 어려서부터 혼돈공에 노출되어 있었기 때문인 듯하오."

"그렇게 보면 궁도요 그는 의도치 않게 우리 유령문에게 참많을 도움을 주는군요."

귀보전이 말하자 야유사군이 어두운 안색으로 말했다.

"미안한 일이오."

"그런데 듣자 하니 좋은 소식도 있더군요."

남왕 적하연이 말했다.

"무슨 소식 말이오?"

귀보전이 물었다.

"소문주와 그가 드디어 인연을 맺는다고 들었습니다."

"아, 그런가요?"

귀보전이 처음 듣는다는 듯 야유사군에게 물었다.

"아마도 그리될 것 같소."

"잘된 일이군요. 소문주가 그 일로 십여 년간 마음고생을 했는데……."

"그러게 인연은 따로 있다는 말이 맞는 모양이에요."

적하연이 거들었다.

"그러게 말이오. 강호를 호령하는 구천맹의 수뇌 오죽노를 마다하고 일개 흑성을 마음에 두신 것이 처음에는 이해가 가지 않았는데……."

귀보전이 말했다.

"지금 생각해 보면 끔찍한 일이지요. 만약 소문주가 오죽노의 청혼을 받아들였다면 지금 유령문은 그의 수족이 되어 천하에 피를 뿌리고 다니고 있을 겁니다."

"맞는 말이오. 차라리 마곡산의 비극이 나은 듯하오. 죽은 문도들에게는 미안한 말이지만……."

귀보전의 말에 야유사군이 입을 열었다.

"자자, 이젠 설루도 들어왔으니 난 잠시 그 아이와 함께 조사동에 있어야 할 것 같소. 그동안은 두 사람이 문도들을 잘 이끌어주시오."

"얼마나 걸리겠습니까?"

귀보전이 물었다.

"글쎄, 날짜를 기약할 수는 없소. 그래도 한 달은 넘기지 않을 거요."

"음, 이후에도 수련이 이어지겠지요?"

"공력을 높이는 일은 그저 일부분일 뿐이오. 당연히 수련이 이어질 것이오."

"강호의 정세가 다급해서……."

"아직은 서둘 필요 없소. 마천과 구천맹, 쉽게 승부가 나지는 않을 거요. 계명흑성이 움직여야 할 때는 정해져 있소."

"무엇을 기다리시는 겁니까?"

"그가 그 물건들을 세상에 드러낼 때, 그때가 아마 계명흑성이 본격적으로 움직여야 할 때일 거요. 그때까지는 시간이 있소."

"하지만 과연 오죽노가 그리할까요? 그것들은……."

귀보전이 말꼬리를 흐렸다.

"그는 절대 그 모든 비전을 수련해 낼 수 없소. 육혈무성의 무공은 하늘이 내린 신체를 가진 자도 두 개 이상 수련해 내기 어려운 것이오."

"그렇다 하더라도 그 절대의 비급들을 세상에 내놓는 것은 쉬운 일이 아니지요."

"천하를 얻으려는 자요. 수중에 있는 미끼를 반드시 쓸 것이오. 물론 그 미끼가 진품일지는 알 수 없겠으나."

"진품이 아니라면 세상이 믿겠습니까?"

"구 할의 진실과 일 할의 거짓을 섞어버리면 세상은 반드시 그의 말을 믿게 될 것이오."

"육혈무성의 무공이라……. 눈이 뒤집힐 미끼이기는 하지요."

귀보전이 고개를 끄떡였다.

"부디 마천이 그가 육혈무성의 무공을 드러내야 할 만큼 강해지길 바랄 뿐이오."

야유사군이 말했다.

"서왕님의 전언에 의하면 충분히 그럴 것 같다고 하더군요."

적하연이 대답했다.

"하긴… 사천의 양상을 보면 절대 녹록한 자들이 아니오."

귀보전이 맞장구를 쳤다. 그러자 야유사군이 말했다.

"모두 알고 있지 않소? 그들의 저력을. 마천의 뿌리는 깊고 깊어서 그 자신들조차도 그 끝을 알지 못한다 하였소."

"그들의 그 힘은 과연 어디에서 나오는 걸까요?"

적하연이 새삼스레 두려운 표정으로 물었다. 그러자 야유사군이 대답했다.

"마천의 뿌리는 사람의 마음이오. 권력에 대한 욕망, 재물에 대한 탐욕, 강함에 대한 갈망, 그 마음들이 마천의 뿌리이니 어찌 그 뿌리가 잘리겠소."

*　　　*　　　*

"몸이 초식의 변화를 이겨내지 못하는 경우, 그 난관을 타개할 수 있는 가장 빠른 길은 하나이네."

야유사군이 말했다.

"무엇입니까?"

"공력을 높이는 것이지."

"그러나 그건 시간이 필요한 일이 아닙니까?"

궁비영은 여전히 꿈속의 초식들을 현실에서 재현해 내는 데어려움을 겪고 있었다. 야유사군은 그 해결책으로 공력을 높이는 방법을 제시했다.

그러나 그 방법은 그에게 해결책이 되지 않았다. 공력을 높이는 일은 신공의 수련에 달린 일이다. 더군다나 혼돈공과 같은 절정의 신공은 수련하는 데 더 많은 시간이 필요했다.

"시간을 사는 방법도 있다. 영약을 쓰는 것이네."

"그러나 그런 영약을 구하기도 어려울뿐더러 그런 방법은 반드시 부작용이 따르지 않습니까?"

"그 두 가지 문제를 해결할 수 있게 되었네."

야유사군이 말했다.

"어떤 물건을 쓰시려는 겁니까?"

궁비영이 묻자 야유사군이 석탁 위에 두 개의 물건을 내려놓았다. 하나는 주먹만 한 검은 목함, 다른 하나는 투명한 옥병이다. 옥병 안에는 맑은 액체가 들어 있엇다.

"무엇입니까?"

"목함에 든 것은 적주(赤珠)라 하네. 열어보게."

야유사군의 말에 궁비영이 목함을 열었다. 그러자 피보다붉으면서도 투명한 구슬이 모습을 드러냈다.

구슬의 크기가 밤톨만 한데 그 빛이 세상에 드러나자 석실이 온통 붉은빛으로 가득 찼다.

"기이한 물건이군요. 그런데… 돌 같은데……."

보기에도 적주는 무척 단단해 보였다.

"돌은 아니네. 사실 무척 잘 녹는 물건이네. 오직 이 만화도에서만 만들어낼 수 있는 물건이지. 이곳이 사시사철 온화한 이유는 지열이 강하기 때문인데 그 지열의 정수가 모인 물건이네. 아마도 천하에서 가장 강력한 양기를 지니고 있을 것이네."

"이걸 먹어야 한단 말입니까?"

궁비영이 두려운 듯 물었다.

"공력을 높이기 위해선 그 방법이 가장 좋지."

"내장과 심맥이 금세 타버릴 겁니다."

"그래서 이 물건이 필요한 것이네."

야유사군이 옥병을 가리켰다.

"이건 뭡니까?"

"설루라고, 빙궁 제일의 기보로 천하의 음기가 모여 있는 물건이지."

"상극의 두 물건으로 조화를 찾는다는 말이군요."

"맞네."

"그게… 말은 쉬워도……."

어려운 일이다. 한순간이라도 힘의 균형이 무너지면 상황은 걷잡을 수 없는 지경으로 치달을 것이다.

그리되면 잘해야 반신불수다. 십중팔구는 목숨을 잃고 말리라.

"그래서 내가 함께할 것이네."

"령주께서 말입니까?"

"이래 봬도 난 꽤 쓸 만한 사람이지."

"유령문의 문주시니 당연히 그렇겠지요."

"또한 세상에서 혼돈공을 가장 잘 알고 있는 사람이 나네. 내가 자네의 혼돈공을 다스린다면 자넨 충분히 이 영약들을 취할 수 있을 것이네."

야유사군의 말에 궁비영이 고개를 저었다.

"함께 위험해질 수도 있습니다."

"날 믿게."

그 순간 궁비영은 깨달았다. 야유사군은 절대 이 일을 포기하지 않을 것이다. 그렇다면 망설이는 것은 아무런 이득도 없는 일이었다.

"하죠."

"후후, 이제 우린 생사를 함께 나눌 친구가 되었구먼."

야유사군이 나직하게 미소를 지으며 말했다.

*　　*　　*

불과 얼음의 시간이 지나갔다.

작은 우주를 닮았다는 몸은 이제 편안해졌다. 혼돈의 시간을 지나 침묵의 시간이 오자 더 이상 조력자는 필요 없어졌다.

야유사군이 석실을 떠날 시간이다.

"괜찮으십니까?"

궁도요가 걱정스런 표정으로 물었다.

가뜩이나 마곡산의 혈사를 겪으며 여러 곳이 상한 야유사군이다. 그런 그가 궁비영이 적주와 설루를 취하는 것을 돕고 나오자 죽음을 앞둔 사람처럼 노쇠해 보였다.

"나 말인가, 자네의 아들 말인가?"

"당연히 령주시지요."

"아들 걱정은 없고?"

야유사군이 웃으며 물었다.

"령주님의 표정을 보니 걱정할 일은 없을 것 같군요."

"음, 맞는 말이네. 내가 사람을 잘 보았어. 계명흑성의 재목이 확실해."

"안정을 찾았습니까?"

"깊은 침묵에 빠져들었네. 깨어나면 화인 조사의 무공을 완성할 수 있을 거야."

"다행입니다."

궁도요가 말했다.

"음, 난 좀 쉬어야겠는데……."

표정은 밝아도 쇠약해진 몸을 숨길 수는 없었다. 그러자 궁도요가 어두운 안색으로 말했다.

"그럴 시간을 드릴 수 있을지……."

"무슨 일이 있는가?"

"서왕께서 오셨더군요."

"서왕이? 사천은 어찌하고……?"

"아직은 그 이유를 잘 모르겠습니다. 령주님을 기다리고 있습니다."

"음, 가보세."

"전 여기 있겠습니다."

"유령문의 일에는 관여치 않겠다?"

"뭐… 그렇지요."

"흘흘, 좋을 대로 하게."

야유사군이 나직한 웃음을 흘리고는 서둘러 걸음을 옮기기 시작했다.

"무인의 삶은 늙어서도 쉴 날이 없구나."

궁도요가 비틀거리면서도 급히 걸음을 옮기는 야유사군을 보며 중얼거렸다.

"완패(完敗)?"

"그렇습니다."

"어찌해서 그리되었소?"

야유사군이 물었다. 그러자 유령문의 서왕 옹완, 과거 궁비영이 무명도에 들기 전부터 만나오던 그가 입을 열었다.

"오죽노의 계책에 걸렸더군요."

"음, 역시 오죽노인가? 그래서 마천의 피해는 어느 정도요?"

"사천에서 자취를 감췄습니다. 구화방 역시 세상에서 사라졌지요."

"아쉬운 일이군. 우리가 애써 가꾼 상가인데. 비록 마천에 넘겼다고 해도 말이야."

야유사군의 얼굴에 그늘이 생겼다. 그러자 서왕 옹완이 다시 입을 열었다.

"그나마 마천 육마는 건재한 듯합니다."

"육마가 건재하다면 아직은 승부가 난 것이 아니오. 그런데 어떤 계책을 썼길래 마천이 이렇게 쉽게 당했소?"

"오죽노답지 않은 방법을 썼더군요."

"그답지 않다?"

"그렇습니다. 구천맹 아홉 문파의 정예를 모두 동원해 사천의 길을 장악했습니다. 마천으로서는 손을 쓸 수 없는 지경이었지요."

서왕 옹완의 말에 야유사군도 놀란 표정을 짓는다.

"대담하군. 하지만 가장 확실한 방법이기도 하고. 세력으로 밀어붙이다니……."

"사실 오죽노의 의도를 헤아릴 수가 없습니다. 그런 선택을 한다는 것은 사실 그에게도 별로 좋은 일은 아니지요."

옹완이 말했다.

"맞소. 구천맹의 패권을 노리는 자가 구파의 힘을 과시한 꼴이니……. 이렇게 되면 그가 구파 위에 서는 것은 어려워질 텐데. 단, 한 가지 경우를 제외하고는 말이오."

"역시 령주께서도 그리 생각하십니까?"

"음, 그것 말고야 달리 생각할 수 있는 것이 없소."

야유사군이 대답했다.

"어찌할까요?"

서왕 옹완이 묻는다.

"지금 본 문이 사천에 몰려든 구천맹의 빈틈을 치는 것은 그를 도와주는 일일 뿐이오. 그는 이쯤에서 유령문이 구파의 관심을 끌길 바랄 테니까. 구천맹의 정예를 사천으로 불러들여 우리에게 빈틈을 보여준 건 그 이유도 있다고 할 수 있지."

"알고는 있습니다만 그렇다고 이대로 놓아두었다가는 마천은 지리멸렬, 구천맹과의 동패구상은 기대할 수 없게 될 것입니다."

"후후후, 서왕 그대도 다급할 때가 있구려."

야유사군의 말에 서왕 옹완이 뜨끔한 표정을 짓는다. 그리고는 조심스레 묻는다.

"다른 방도가 있으시군요."

"우리와 구천맹 이 둘만 보면 길은 오직 두 갈래뿐이오. 그러나 세상에 사람은 많고 그만큼 길도 많소. 우린 그저 다른 누군가에게 길을 알려주면 그뿐이오. 우리가 가려고 했던 길을 말이오."

야유사군의 말에 서왕 옹완이 잠시 생각에 잠겼다. 그러다가 한순간 표정이 밝아졌다.

"제가 어리석었습니다."

"누가 좋겠소?"

"혼마가 좋겠습니다."

"혼마?"

야유사군이 되물었다.

"그렇습니다. 마천 육마 중 그만이 선택할 수 있는 행보지요."

"그렇긴 하구려. 가장 심기가 깊은 자니까."

"더군다나 육마 중 우리가 그 행적을 가장 정확하게 알고 있는 자이기도 합니다. 그를 움직이는 것은 그리 어려운 일이 아닐 것입니다."

"그는 여전히 자미원에 있소?"

"그렇습니다."

"좋군. 좋아. 그럼 그에게 길을 알려주시오."

"알겠습니다."

"오죽노 그자가 이번에는 크게 당하겠군."

야유사군이 중얼거렸다.

"당하는 것은 그가 아니라 구파겠지요. 이 일 또한 오죽노가 원하는 것일 수도 있습니다."

"그러나 그에게도 타격은 갈 거요. 구천맹의 정예를 사천으로 모으자는 계책을 낸 것은 그일 테니까."

"그렇군요. 구파 수장들의 신뢰를 잃을 수도 있겠습니다. 그럼 그리 시행하겠습니다."

"가능한 시간을 오래 끌어주시오."

야유사군이 신중한 표정으로 말했다.

"얼마의 시간이 필요하겠습니까?'

"길면 좋지만 적어도 일 년은 필요할 것이오."

"일 년이라……. 그리하겠습니다. 만나지 못하고 가겠군요."

"그러고 보면 서왕과 가장 가깝다고 할 수 있는 아이구려."

"그렇지요. 어릴 때부터 보았으니까요. 하지만 그때만 해도 그 아이가 계명흑성이 될 줄은 몰랐습니다."

"이 모든 게 서왕 덕이오. 서왕의 보살핌이 그 아이를 적들로부터 지켜주었으니."

"전 단지 그 아이를 좋아했을 뿐입니다."

서왕 옹완이 빙그레 미소를 지었다.

제5장

일 던, 그리고 대란(大亂)

흉흉한 시절이 지나가고 있었다. 지난 일 년 동안 천하 각지에서 혈사가 이어졌다.

하나하나 보면 그리 큰 싸움은 아니었지만 작은 싸움이 일 년 동안 이어지자 그 어떤 싸움보다도 많은 희생자가 발생했다. 그래서 강호는 이 지루한 싸움에 대란이라는 이름을 붙이기 시작했다.

이름 하여 제이차 마천대란, 혹은 마천재란이라고 부르기도 하는 이 싸움의 시작은 구천맹이 마천에 대한 승리의 기쁨에 도취되어 있을 때 시작됐다.

마천이 재출도를 선언한 사천에서 구천맹은 큰 승리를 거뒀다. 구천맹의 군사 오죽노는 구천맹 아홉 문파의 정예를 아홉 갈래의 길로 사천에 출도시켰다.

세력 면에서 구천맹에 비할 바 아니던 마천으로서는 광풍 같은 구천맹의 질주에 목숨이나 구하는 것이 할 수 있는 일의 전부였다.

그들이 재기를 도모하던 사천은 그래서 마천의 무덤이 되고, 구천맹에게는 마천을 상대로 한 두 번째 승리의 장소로 강호의 역사에 기록되려는 그 순간, 놀랍게도 마천의 반격이 시작됐다.

정예가 빠져나간 구파의 본거지 중 여섯 곳을 마천의 마두들이 급습한 것이다.

은밀하고 치밀하게 어둠을 틈타 일어난 이 기습으로 사천에서 승부가 난 것 같던 마천과 구천맹의 싸움은 다시 오리무중으로 빠져들었다.

그리고 세상에 마천 육마의 이름이 널리 알려졌다. 과거 마천의 시대를 풍미하던 자도 있고 세상에 처음 그 이름이 알려진 자도 있었으나, 그들의 마력은 전대 마천의 시대에 세상을 호령한 사십구마의 명성을 단번에 뛰어넘었다.

그도 그럴 것이, 전대 마천의 시대에도 구파의 본거지가 공격받은 경우는 거의 없었기 때문이다.

검마 황조, 독아 구가겸, 마불 구르간, 혼마 상묘운, 목왕 적월, 마궁 종고구, 이들 마천육마의 이름이 한순간에 천하를 덮었다.

하룻밤의 기습으로 갑작스레 위기를 맞은 구천맹은 오죽노에게 책임을 물었다.

사천으로 구파의 정예를 끌어들인 것이 마천육마에게 기회를 주었다는 논리를 들이댔다.

오죽노는 변명 없이 구천맹의 일에서 한 걸음 물러나 은거했다.

그 이후 구파의 수장들은 각 파의 정예를 내어 육마 토벌에 나섰다.

그러나 구천맹의 정예로 구성된 토벌대는 일 년이 지나는 동안 단 한 명의 마천육마도 제압하지 못했다. 오히려 마천육마는 토벌대의 추격을 비웃기라도 하듯 곳곳에서 구천맹의 고수들을 공격했다.

그렇게 일 년이 지나자 이젠 구천맹도 더 이상 토벌대를 움직일 여력이 없어졌다.

그들은 토벌대를 불러들이고 각자 자파의 안위를 먼저 챙기기 시작했다. 그 때문에 구천맹의 요람인 구룡대산에 머무는 구파 고수들의 숫자가 거의 절반으로까지 줄어들었다.

구파의 입장에서는 마천의 마두들을 제거하는 것만큼이나 자파의 안위를 지키는 것도 중요했기 때문이다.

특히 일 년 전 기습을 받았던 문파들은 더더욱 자파의 안위를 중시할 수밖에 없었다.

그리하여 천하가 난장의 싸움으로 빠져드는 즈음에 구파의 수뇌들이 구룡대산에 모였다. 호시탐탐 마천육마가 구파의 본거지를 노리고 있는 와중에 구파 수장들이 자파를 비운다는 것은 놀라운 일이 아닐 수 없었다.

　멀리 황하가 바라보이는 산봉우리에 고성이 서 있다. 그 위로 아홉 개의 깃발이 펄럭여 성의 주인들이 누구인지를 말해 준다.

　구천맹의 본거지 구룡대산이다.

　구룡대산은 천하의 정세와는 어울리지 않게 깊은 가을 색을 자랑하고 있었다.

　황하가 보이는 북쪽 산면은 깎아지르는 절벽이고, 남쪽은 완만한 경사를 이룬 숲으로 한창 불타는 듯한 가을의 산세를 자랑하는 구룡대산이다.

　그 단풍 사이로 난 길을 따라 초로의 노인 한 명이 세 사람의 호위를 받으며 걷고 있었다.

　"그들이 또 어떤 트집을 잡을지 걱정입니다."

　입을 연 것은 과거 무명도에서 흑성을 길러내던 구천맹의 고수 무명도주 광검 천도수다.

　천도수의 말에 앞서 가던 노인이 걸음을 멈추고 고개를 돌렸다. 일 년 전보다 조금 더 늙어 보이는 오죽노 혜간이다.

　"지금 날 필요로 하는 것은 그들이오."

　"그렇긴 하지만 아마도 이번 구룡지회에서도 지난번과 같이 노야에 대한 추궁이 매서울 것입니다."

　무명도주 천도수의 말에 혜간이 빙그레 미소를 지으며 말했다.

"난 그 반대로 생각하고 있소."

"방책이 있으신지요?"

"방책이라……. 지금 강호의 정세가 바로 방책이오. 그들이 아홉 달 만에 날 다시 부른 이유가 뭘 것 같소?"

"그야 지금 정세가 좋지 않으니… 아, 그렇군요. 그들에겐 이제야말로 달리 방법이 없겠군요. 오직 노야께 기대할 뿐."

"지금쯤은 모두 알고 있을 거요. 전대 마천의 시대를 끝낸 것이 누구의 힘인지, 그리고 지금 마천 재림의 시대에 구천맹을 승리로 이끌 수 있는 사람이 누군지를. 난 말이오, 이번에 아홉 달 전에 그들이 내게 주었던 수모의 대가를 톡톡히 받아 낼 생각이오."

"그들이 과연 그리할까요?"

"본래 잃을 것이 많은 사람이 거래에선 약자라오. 나야 구천맹을 떠난다 한들 잃을 게 없지만 그들은 다르지. 나 없이 마천을 상대할 수 없다는 걸 뼈저리게 느꼈을 테니까."

오죽노가 다시 걸음을 옮겼다. 그의 발걸음에서 힘이 느껴진다.

지난 아홉 달 동안 오죽노 혜간은 구룡대산을 떠나 있었다. 아니, 정확히는 구룡대산에서 쫓겨나 있었다는 것이 맞는 말일 것이다.

구파의 정예를 사천으로 불러들여 일거에 마천을 제압하자는 계책을 낸 것이 그였다.

그런데 그 계책이 잠시 성공하는 듯 보였지만 오히려 구파의 방비가 허술해진 틈을 타서 마천육마의 역습을 불러왔기에 결국 오죽노의 계책은 실패하고 말았다.

구파의 수장들은 마천의 역습에 대한 책임을 오죽노에게 물었다. 애초에 무리한 계책을 세웠다는 것이다.

사실 마천의 역습은 사천으로 정예들을 보낸 후 자파의 방비를 소홀히 한 그들 자신의 책임이 더 크다고 할 수 있었지만, 평소 오죽노의 힘이 커지는 것을 우려하던 그들에겐 오죽노를 축출할 좋은 기회가 되었던 것이다.

당시 오죽노는 단 한마디 변명도 하지 않고 구룡대산을 떠났다. 오히려 그의 수긍이 구파 수장들을 불안하게 할 정도였다.

그런데 오죽노가 구룡대산을 떠난 이후 사람들은 오죽노가 순순히 떠난 이유를 채 석 달이 지나지 않아 알게 되었다. 그가 사라진 구천맹은 그야말로 오합지졸로 전락했다.

구파는 각자의 이득을 위해서 한 치의 양보도 하지 않았고, 그 내분의 빈틈을 노린 마천의 공격은 날카로웠다. 구파는 서로 돕지 못해 수세에 몰릴 뿐 마천에 대한 역습은 꿈도 꾸지 못하는 상황이 이어졌다.

오죽노가 구룡대산을 떠나 있는 지난 아홉 달 동안 소리 없이 죽어간 구천맹의 고수 숫자가 근 수백을 헤아리고 있었다.

더 큰 문제는 그중 구파에서 수뇌급에 해당하는 고수가 수십 명이나 섞여 있다는 것이다.

이대로 가다가는 결국 마천에게 다시 천하를 내줘야 할 것 같다는 위기감을 느낀 구파의 수장들이 선택할 수 있는 방법은 오죽노의 복귀 하나뿐이었다.

구룡대산에 서 있는 구천맹의 고성은 오래전에 버려진 것을 오죽노가 재건한 것이다.

성문 앞에 서자 오죽노가 마치 집에 돌아온 듯한 표정을 짓는다.

"저기 오른쪽 망루는 손을 좀 봐야겠어."

오죽노가 성문 앞에서 성벽 위 망루를 보며 말했다. 집주인과 다름없는 행동이다.

"위태롭기는 하군요."

무명도주가 대답했다. 그 역시 당연히 자신이 돌봐야 할 집인 것처럼 말했다.

그때 성문이 열리면서 중년 사내 한 명이 급하게 달려 나와 오죽노를 맞이했다.

"노야, 오셨습니까?"

"오, 풍검, 잘 있으셨소?"

오죽노를 마중한 사람은 구천맹 일원삼기 중 신목기를 맡고 있는 풍검 은무라는 자다.

구천맹 조직 중 일원삼기의 수장은 구파에 속하지 않는 자들이다. 구파가 서로를 견제하느라 구파 이외의 고수들을 들여 삼기의 수장으로 삼았기 때문이다.

삼기의 수장은 모두 오죽노 혜간에 대해 대체로 호의적이었다. 같이 구파에 속하지 않은 처지의 사람들이기 때문이다.

"고생하셨습니다."

은무가 은근한 말투로 오죽노에게 말했다.

"고생은 무슨, 덕분에 잘 쉬었소. 사실 마천의 등장 이후 편히 쉴 시간이 없지 않았소?"

오죽노가 웃으며 말했다. 그러자 은무가 정색을 하며 말했다.

"부디 쉬기만 하시지 않았기를 바랍니다."

"그게 무슨 말이오?"

"현재 맹에서 믿을 수 있는 사람은 오직 오죽노 한 분이시기 때문입니다."

"음, 그렇게 좋지 않소?"

"이대로라면 공멸을 면치 못할 것입니다."

"어리석은 사람들."

오죽노가 혀를 찬다.

"최근에 들어서는 마천의 무리가 구룡대산 근방에도 출몰하고 있는 실정입니다."

은무의 말에 오죽노가 놀란 표정을 짓는다.

"당한 사람이 있소?"

"아직은 성내에서 일을 벌이지는 않았습니다."

"하긴 기주께서 성을 지키고 있으니 마천의 무리가 어찌 감히 성을 넘겠소."

풍검 은무가 맡고 있는 신목기의 주된 임무는 구룡대산 인근의 경비를 담당하는 것이다.

"제가 아니라 오죽노 님 때문이지요. 워낙 방비가 튼튼한 성이니⋯⋯."

"그래 봐야 돌덩이를 쌓은 것뿐이오. 언제나 사람이 중요하지. 그래, 어디들 있소?"

"밀실에 모여 있습니다."

은무가 대답했다.

"구룡대전이 아니고 밀실이란 말이오?"

"근자들어 행보들이 조심스러워졌습니다. 아마도 암습에 대비하는 듯합니다."

"겁쟁이들하고는."

오죽노가 혀를 찬다.

"가시지요."

은무의 말에 오죽노가 고개를 끄덕였다. 그의 눈에 한줄기 미소가 드리워져 있다.

모두 아홉 개의 구멍을 통해 빛이 들어왔다. 그래서인지 석실은 지하에 있는 곳이라고는 믿을 수 없을 만큼 환했다.

그 석실에 열 개의 태사의가 놓여 있고, 그 위에 아홉 명의 절대자가 앉아 있다.

천하를 지배하는 자들, 구천맹을 이루는 구파의 수장이다. 서로 다른 문파의 수장들이므로 그 차림새도 각양각색이다.

그러나 다른 중에 같은 것도 있었다. 그들의 표정이었다. 모두들 침울한 표정에 근심이 가득한 얼굴이다.

"아직인가?"

침묵을 지키고 있던 자 중 푸른색 장삼을 입은 노인이 석실 문밖을 보며 말했다.

"정문을 통과하셨답니다."

문밖에서 대답이 들린다.

"왔군."

노인이 혼잣말처럼 중얼거렸다. 노인은 화산의 장문인 진림이다.

"그가 동의하지 않으면 어쩌실 것이오?"

문득 굴강한 체구에 날카로운 눈을 지닌 자가 입을 열었다. 스스로 구천맹의 북두라고 자칭하는 북산 제룡가의 가주 척담산이다.

"동의하지 않을 이유가 없지 않소? 과거의 잘못을 논하지 않고 맹의 군사로 인정하겠다는데……."

백문의 문주 군자우가 말했다.

"글쎄, 그가 과연 순순히 우리의 제안을 받아들일지 모르겠구려."

척담산이 걱정스런 표정으로 말했다.

"그는 야심가요. 이대로 맹을 떠나지는 못할 것이오."

군자우가 확신하듯 말했다. 그러자 근심스런 표정을 짓고 있던 소림의 주지 정명 선사가 입을 열었다.

"모두가 한 발씩 양보해야 할 것이오."

"무슨 양보 말이외까? 그가 사천으로 구파의 정예를 부르는 바람에 각 파의 본거지가 공격당했소. 그에 대한 책임을 더 이상 묻지 않겠다면 그도 두말없이 우리의 제안을 받아들여야 하는 것 아니겠소?"

이번에 입을 연 자는 호남 자부분의 문주 공룡이다.

"일이 어찌 되었든 모두가 알고 있듯이 그는 보통 사람이 아니오. 또한 지금 급한 것은 그가 아니라 우리요. 그가 없는 지난 아홉 달 동안 본 맹의 어려움을 모두 보지 않았소?"

정명 선사의 말에 모두가 침묵을 지켰다.

"어찌 되었든 맹의 구심점이 되어 마천을 상대하기엔 그보다 더 나은 사람이 없소. 더군다나 구파의 형제 중에도 그를 따르는 자가 적지 않음을 잊지 말아야 할 것이오."

"항상 걱정은 그것이지요. 그의 야심 말입니다."

걱정스런 표정으로 말을 꺼낸 사람은 무당의 청옥자다. 그는 구천맹의 수뇌 중 가장 유한 성정을 지닌 사람으로 알려진 인물이다. 그런 그조차도 오죽노의 야심을 걱정하고 있었다.

"그것은 우리가 적절히 견제해야겠지요."

"반드시 견제해야 합니다."

백문의 군자우가 다부지게 말했다. 그런데 그때 문밖에 인기척이 들리더니 누군가의 목소리가 들렸다.

"오죽노께서 오셨습니다."

"모시게."

소림의 정명 선사가 대답했다. 그러자 석실의 문이 열리며 신목기주 풍검 은무가 오죽노 혜간을 데리고 안으로 들어왔다.

"그간 잘들 계셨습니까?"

오죽노가 안으로 들어서자마자 문 앞에서 정중하게 포권을 해 구파의 주인들에게 인사를 한다. 그러자 소림의 정명이 대답했다.

"오랜만이오, 오죽노! 자, 이리 와 앉으시오."

정명의 권유에 오죽노가 열 개의 태사의 중 비어 있는 한 자리를 차지하고 앉았다.

"수고하셨네."

오죽노가 자리를 잡고 앉자 정명이 신목기주 은무를 보며 말했다. 축객령이다.

"그럼."

은무가 가볍게 고개를 숙여 보이고는 석실을 떠났다. 그러자 정명이 오죽노 혜간을 보며 말했다.

"그래, 그간 잘 쉬셨소?"

"오랜만에 잡사를 있고 산중에 들어가 쉬니 좋더군요. 다시 강호에 나오기 싫을 정도였습니다."

"음, 지난 몇 년간 오죽노께서 격무에 시달린 것은 맞소. 그런데 어쩌면 좋겠소? 우린 다시 오죽노의 지혜가 필요하오만……."

정명이 오죽노 혜간을 보며 물었다. 그러자 혜간이 즉시 물었다.

"전 맹에 죄인의 몸이 아닙니까?"

"무슨 말씀을! 죄인이라니! 그런 말씀 마시구려. 비록 사천 대전에서 약간의 실수가 있었다고는 하나 오죽노께서 그간 세운 신공에 비하면 어찌 그 실수가 죄라고 할 수 있겠소."

소림승 정명이 고개를 저으며 말했다. 그러자 화산의 진림이 얼른 정명의 말을 받았다.

"선사의 말씀이 지당하오이다. 우린 모두 사천의 실수는 잊었소. 그러니 이제 다시 맹으로 오셔서 마천과의 싸움에 힘을 보태주시구려."

"우리도 같은 생각이외다."

백문의 문주 군자우가 탐탁지 않은 표정을 하면서도 정명과 진림의 말에 동의했다.

그런데 이쯤 되면 감사의 마음을 드러내고 맹에 대한 충성을 다짐해야 할 오죽노가 모든 사람들이 예상치 못한 말을 했다.

"사천에서의 실수를 이쯤에서 눈감아주신다니 고마운 일이군요. 그러나 나 자신은 그때의 실수를 잊을 수 없습니다. 그일은 제 평생 가장 치욕적인 일이니 말입니다. 해서 전 여러분의 뜻을 감히 받아들일 수 없습니다."

모호한 말이다. 사천에서의 실패가 치욕스러운 것인지, 혹은 그 일로 아홉 달 전 구룡대산에서 내쳐진 것이 치욕적이라는 것인지 명확하지가 않다.

"맹의 일에 복귀하기 어렵다는 말이오?"

정명 선사가 정색하며 물었다.

"그렇습니다."

오죽노가 망설이지 않고 대답했다.

"하면… 오늘의 초청에는 왜 응한 것이오?"

평소 오죽노에 대해 불만이 많던 백문의 군자우가 차갑게 물었다. 그러자 오죽노가 무심하게 대답했다.

"전 이 기회에 아주 강호를 떠날 생각입니다. 그래서 그동안 동고동락한 여러분께 작별의 인사를 하러 온 것입니다. 뒤로 물러나 있으면서 지난날 한 근 머리로 천하를 상대하려 한 제가 얼마나 어리석었는지 뼈저리게 느꼈지요."

"그건 또 무슨 말씀이시오?"

정명 선사가 물었다.

"제가 내놓는 계책은 그저 하나의 방편일 뿐 그 계책을 실행에 옮기는 것은 언제나 구파의 영웅들이었지요. 전장에서 죽는 것도 그들이니 영예를 취하는 것 역시 그들이어야 할 것입니다. 그런데 그동안 전 자리나 차지하고 앉아 몇 개의 계책을 내놓았다고 과분한 칭송을 받아왔지요."

"하고 싶은 말이 뭐요?"

자부문주 공룡이 구구절절한 신세한탄은 듣기 싫다는 듯 물었다.

"제가 하고 싶은 말은 사천에서의 일을 통해 제 자신의 위치에 대해 명확하게 알았다는 것입니다. 전 그저 맹에 초대된 객일 뿐 맹의 주인은 아니었다는 것이지요. 해서 이젠 구천맹을 떠날 생각입니다. 주인이 아닌 자가 그 집안의 싸움을 대신할 수는 없는 일 아닙니까?"

오죽노가 말했다.

"어째서 오죽노께서 맹의 주인이 아니란 말이오. 구룡대산에 이 성을 쌓은 것도 오죽노시고 일원삼기를 만든 것도 오죽노시오. 더군다나 흑성을 양성해 지난날 마천의 시대를 끝낸 사람도 오죽노가 아니시오?"

정명 선사가 위로하듯 말했다. 그러자 오죽노가 대답했다.

"그러나 그 모든 공도 한 번의 실수로 물거품이 되는 신세이기도 하지요. 주인 아닌 자의 비애가 아니겠습니까?"

오죽노가 대답했다.

"지금 사천에서의 일로 그대를 내친 것을 원망하는 것이오?"

자부문의 공룡이 물었다.

"원망이 아주 없는 것은 아니지요. 하지만 어쩔 수 없는 일이지요. 주인이 객을 쓰지 않겠다면 객이야 물러날 밖에."

"그 일은 명확하게 그대의 잘못 아니었소? 구파의 정예를 사천으로 모으는 바람에 각 파의 본거지가 마천의 기습을 당한 것이니 말이오. 그 일로 구파가 입은 피해가 얼마나 큰 줄 아시오?"

공룡의 물음에 오죽노가 잠시 침묵을 지키다가 입을 열었다.

"한 가지 묻지요."

"말해보시오."

"자부문주께선 제가 어디까지 구파를 돕기를 원하시는 겁니까? 설마 제가 자부문의 안위까지 지켜주시기를 원합니까?"

"본 문의 안위는 그대가 걱정할 필요 없소."

"그런데 왜 그런 말씀을 하시는지 모르겠군요. 제가 구파의 정예들을 사천으로 모은 것은 맞습니다. 그 덕분에 사천에서 마천의 싹을 잘랐지요. 그러나 제가 할 수 있는 일은 거기까지입니다. 각 파의 방비를 단단히 하는 것은 솔직히 말해 제 능력 밖이지요."

"지금 마천의 기습이 그대의 잘못이 아니란 말이오?"

"마천의 기습을 예상하지 못한 것은 맞지만, 설혹 그들이 기습을 했다고 해도 구파는 그 기습을 막아낼 충분한 전력을 갖추고 있었습니다. 그 증거로 기습으로 멸문한 문파는 없지 않습니까? 단지 적지 않은 손해를 보았다는 것인데, 그건 사천에서의 큰 승리에 방심한 구파 스스로 경계를 소홀히 했기 때문에 벌어진 일입니다. 그런데 그 일까지 저의 책임일까요?"

"……."

오죽노의 추궁에 공륜이 대답을 하지 못했다. 그러자 다시 오죽노가 입을 열었다.

"만약 각 파의 경계가 느슨해진 것까지 제 책임이라면… 제가 구천맹의 주인이 되어야겠지요. 주인이야말로 집을 지켜야 할 책임이 있는 사람이니 말입니다."

"말이 지나치오!"

공룡이 차갑게 말을 토해냈다.

"물론 지나친 말이라는 것은 압니다. 하지만 그래서 제게 각 파가 당한 기습의 책임을 묻는 것 역시 지나친 일이라는 것이 지요. 뭐… 이제야 아무 쓸모없는 변명이지만 말입니다."

오죽노가 아무 의미 없다는 듯 힘 빠진 표정으로 말했다. 그 러자 무당장문인 청옥자가 물었다.

"오죽노께선 왜 아홉 달 전 구룡대산에서 물러날 때는 그런 변명을 하지 않으신 거요? 왜 지금에 와서야 그런 말을 하는 거요?"

"그때는 구차하게 생각되었지요. 솔직히 말해 여러분에 대 한 원망도 컸고 말입니다. 하지만 지금은 당시의 오기도 사라 졌고 이제 구천맹을 떠나는 마당이니 일의 선후는 분명히 밝 히고 가야겠다 싶어서 드리는 말씀입니다."

"진정 떠나시려오?"

청옥자가 물었다.

"그렇습니다."

"하면 맹은 어찌하오?"

"그걸 왜 제게 물으십니까? 손님에게 집안일을 묻는 것은 있을 수 없는 일이지요."

"우린 한 번도 오죽노를 손님이라 생각한 적이 없소. 구천맹 의 한 식구로 생각하고 있었소."

청옥자의 말에 오죽노가 자리에서 일어나 청옥자에게 포권을 해 보였다.

"진심으로 하신 말씀임을 압니다. 그래서 이렇게 감사드립니다. 그 말을 들으니 떠나는 걸음이 한결 가벼워지는군요. 제가 아주 어리석게 살지는 않은 것 같아서 말입니다."

오죽노의 말에 청옥자가 나직하게 탄식을 흘렸다. 오죽노의 마음이 구천맹을 완전히 떠났음을 확인한 것 같았기 때문이다.

"이 난국에 오죽노께서 떠나신다면 맹이 어찌 되겠소? 오죽노, 다시 생각해 주시오. 과거 마천에 대항해 함께 생사고락을 함께할 때의 마음을 되살려 주시오."

소림승 정명이 합장을 하며 말했다. 그 역시 오죽노가 구천맹을 떠나겠다는 것이 그저 허언이 아니라고 느낀 모양이다.

구천맹의 다른 수장들 얼굴에도 초조감이 드러났다. 물론 이들 중에는 오죽노를 경계하는 사람도 있고 호의를 가지고 있는 사람도 있었지만 그들 모두 인정하는 것은 오죽노의 능력이었다.

오죽노의 머리가 없이는 구파가 하나의 힘을 내는 것도, 또 저 교활한 마천의 마두들을 상대하는 것도 불가능하다는 것을 지난 아홉 달 동안 뼈저리게 느낀 그들이다.

그가 구천맹을 떠나면 누구도 그의 자리를 대신할 수 없을 것이다. 더 문제는 구파에 속하지 않은 구천맹의 맹도들이 맹을 떠날 수도 있다는 것이었다.

오죽노가 물러나 있는 지난 아홉 달 동안에도 그들은 힘들여 맹의 일을 수행하지 않았다. 외부에서 들어온 무인들에게 오죽노는 마치 구파의 수장들과 같은 의미를 지닌 사람이기 때문이었다.

"사소한 오해로 강호의 위험을 외면하는 것은 오죽노다운 행동이 아니오."

아주 오랜만에 당문의 문주 당황이 입을 열었다. 그는 언제나 냉정한 사람이다.

"그러나 그 오해가 저를 맹에 머물지 못하게 만들었지요."

오죽노가 대답했다. 그러자 당황이 오죽노를 뚫어지게 바라보다가 한숨을 쉬며 말했다.

"오죽노께서 맹에 머물기 위해 우리가 뭘 해야 하오?"

당황은 사실 오죽노에 못지않은 심기를 지닌 자다. 당문의 역대 문주들은 심기가 독하기로 유명했다. 당황 역시 그런 전통에서 벗어나지 않는 인물이었다.

그는 이미 오죽노가 달리 원하는 것이 있다는 것을 간파하고 그의 진심을 물은 것이다. 이런 인물은 오죽노도 함부로 상대할 수 없었다.

"진심으로 이 사람이 맹을 위해 일하길 바라신다면 여러분도 제게 성의를 보여주길 바랍니다."

"구체적인 이야기를 듣고 싶소."

당목이 말했다.

"세 가지가 필요합니다."

"말해보시오."

"첫째는 제가 맹에 남을 수 있는 명분입니다. 난 아홉 달 전 여러분이 제게 한 일에 대한 공식적인 사과를 원합니다. 그래야 맹도들이 제 말을 따를 겁니다."

"음……."

장내의 구천맹 수장들이 나직하게 침음성을 흘렸다. 예상보다 훨씬 더 고압적인 요구다. 이들은 살면서 누군가에게 사죄를 해본 적이 없는 사람들이다.

"두 번째는 무엇이오?"

당황만이 침착함을 유지하며 다시 물었다.

"두 번째는 제게 하나의 직함을 주었으면 합니다. 지금 맹도들은 절 대인이나 노사, 혹은 오죽노라 부르지요. 그런데 그 말은 곧 냉정하게 말해 구천맹의 일개 맹도일 뿐이라는 것이니 제 말에 대한 권위가 서지 않는 경우가 많습니다. 특히 구파 출신 맹도의 경우는 더더욱 그러하지요."

드디어 오죽노가 권력에 대한 욕망을 드러냈다. 구파의 수장들이 가장 경계하던 것이 바로 이것이다.

그러나 오죽노의 논리를 반박할 근거가 없었다. 중요한 일을 맡기려면 그 사람에게 어울리는 자리를 주어야 함은 고금의 진리다.

"세 번째 요구를 듣고 싶소."

다시 당황이 말했다.

"앞의 두 가지 조건을 수락하신다면 세 번째 조건을 말하지요. 뭐, 그리 대단한 것은 아니고 모두 승낙해 주실 수 있는 것이니까요."

오죽노가 할 말을 다 했다는 듯 입을 닫았다. 그러고는 아무 욕심 없는 표정으로 구천맹 주인들의 대답을 기다렸다.

구천맹의 수장 중 누구도 먼저 입을 열지 않았다. 쉬운 문제가 아니었다.

첫 번째 조건은 자신들의 명예를 내려놓아야 하는 일이고, 두 번째 조건은 구천맹의 권력을 오죽노 손에 쥐어주는 일이다. 그 무엇도 마천과의 싸움이 다급하지 않다면 받아들일 수 없는 조건들이다.

그러나 지금은 다르다. 구천맹은 공격받고 있고, 그 공격이 구파의 뿌리를 건드릴 수도 있다는 위기감을 느끼고 있는 그들이다.

사람이란 본래 뒷일을 생각하기보단 눈앞의 불을 끄는 것에 집중할 수밖에 없다.

"그 조건들을 받아들인다면 오죽노께선 어떻게 마천을 상대하겠소?"

정명 선사가 물었다. 그 방책을 먼저 듣고 싶은 것이다. 그러자 오죽노가 대답했다.

"두 가지 일을 동시에 해야 합니다."

"무엇이오?"

"가장 급한 것은 유령문의 활동을 억제하는 것입니다."

"또 유령문이오?"

이번에는 그동안 말이 없던 비산문의 문주 왕찬이 눈살을 찌푸리며 말했다. 사실 그동안 오죽노가 구천맹을 움직이면서 구파의 수장들과 가장 의견이 다른 것이 유령문에 대한 대처였다.

구파의 수장들에게 유령문은 그저 재주가 뛰어난 살수문 정도로 받아들여졌다. 그런데 오죽노는 그 유령문을 마천보다도 더 중요한 적으로 말하곤 했다.

비산문주의 반발에 오죽노가 그를 빤히 보며 물었다.

"비산문주께선 왜 구천맹이 마천의 은밀한 기습에 속수무책으로 당하고 있다고 생각하십니까?"

"그게 유령문 때문이란 거요?"

왕찬이 불편한 표정으로 물었다.

"사람은 언제나 과거를 돌아보고 현재의 일을 판단해야 하는 법입니다. 과거 마천이 강호에 출도했을 때 그들은 이미 강호 곳곳에 그 세력을 심어두었지요. 그들이 구천맹의 눈을 피해 그렇게 은밀히 움직일 수 있던 것은 바로 유령문의 도움 때문이었습니다. 그런데 지금 마천의 움직임이 그때와 비슷하다고 생각지 않습니까?"

오죽노의 말에 이번에는 자부문주 공륭이 고개를 저었다.

"그건 지나친 억측이요. 유령문은 마천의 시대에 그들을 배신하고 우리 구천맹을 도왔소. 그들 두 세력은 절대 다시 손을 잡을 수 없소."

"두 파의 우두머리들은 아마도 만난 적도 없을 겁니다."

오죽노가 대답했다.

"그게 무슨 말이오? 유령문의 도움으로 마천의 암습이 이어지고 있다고 하지 않았소?"

"유령문은 마천의 마두들에게 자신들의 존재를 드러내지 않고도 구천맹의 약점을 전해줄 능력이 있는 자들이지요."

"정말 그게 가능하다고 생각하는 거요?"

공륭이 믿을 수 없다는 표정으로 물었다.

"제가 처음 유령문을 접촉할 때부터 아홉 달 전 구룡대산을 떠날 때까지 누누이 여러분께 경고하지 않았습니까? 유령문은 마천보다 위험한 자들이라고. 그러나 그때 여러분은 제 말에 귀를 기울이지 않았지요. 그래서 오늘날 이런 위기가 온 것입니다."

"확신하는 것이오?"

이번에는 소림의 정명 선사가 물었다. 그 역시 아직은 반신반의하는 모습니다.

"세력으로 보자면 유령문은 구천맹이나 마천에 비할 바가 아닙니다. 따라서 그들이 강호를 지배할 순 없지요. 하지만 그들은 새로운 지배자를 만들어낼 수는 있습니다. 그게 유령문의 무서운 점이지요. 솔직히 묻겠습니다. 흑성 없이 과거 마천의 시대를 끝낼 수 있었습니까?"

오죽노의 물음에 구파의 수장 누구도 대답을 하지 못했다.

"흑성야, 월곡투! 모두들 기억하실 겁니다. 그 두 번의 싸움이 없었다면 구천맹은 절대 마천을 몰아낼 수 없었을 겁니다. 그 두 싸움의 시작은 흑성이고, 흑성의 뿌리는 유령문입니다.

그런데 어떻게 유령문을 세력이 작다 하여 무시할 수 있습니까?"

"우리가 유령문을 무시한 적은 없소."

자부문주 공릉이 반박했다.

"아니지요. 여러분은 유령문에 대한 제 경고를 계속 무시했습니다. 구파의 주요 고수들이 그들에게 암살을 당할 때에도 제 경고를 무시했지요. 눈앞의 적, 마천을 핑계로 말입니다. 그러나 보이는 적은 두려운 것이 아닙니다. 어둠 속에 숨어 있는 적이 두려운 것이지요."

"진정 이 모든 사달의 뒤에 유령문이 있다고 확신하시오?"

정명 선사가 물었다.

"단언하건대 그들이 아니면 본 맹, 아니, 구파의 약점을 이토록 집요하게 파고들 자는 없습니다!"

"음, 그들이 영악함이야 모르는 바는 아니나……."

정명 선사가 말을 흐렸다.

"그들이 원하는 것이 무엇이겠소?"

이번에는 무당의 청옥자가 물었다.

"당연히 복수지요."

"복수라……."

청옥자가 눈살을 찌푸리며 말꼬리를 흐렸다. 그러자 기다렸다는 듯이 군자우가 오죽노를 공격했다.

"마곡산의 혈사에 대한 복수라면 그 일이야말로 그대가 주도한 것이 아니오?"

"그래서 지금 그 책임도 제게 묻겠다는 것입니까?"

오죽노가 차갑게 물었다.

그의 시선에 군자우가 흠칫했다. 기세에 눌린 것이다. 군자우가 대답을 하지 못하자 오죽노가 다시 입을 열었다.

"마곡산의 일이 제 개인의 영달을 위한 것이라면 당연히 제 잘못이지요. 그러나 제가 유령문을 멸문시켜 얻을 것이 무엇입니까? 외려 난 그들과 무척 가까운 사이였습니다. 그런데도 그들을 공격한 것은 그들이 오늘날처럼 맹의 후환이 될 것을 걱정했기 때문입니다."

"그들을 공격하지 않았다면 오늘날 공격받을 일도 없을 것 아니오?"

군자우가 오죽노의 기세에 잠시 눌린 것을 만회라도 하려는 듯 말했다. 그러자 오죽노가 한숨을 쉬며 어린아이 가르치듯 말했다.

"설혹 마천이 아니라도 천하의 패권을 원하는 자는 언제든 있게 마련입니다. 그런 자 중 누구든 유령문과 손을 잡으려는 자가 없겠습니까. 더군다나 여러분은 유령문에 대한 대접을 무척 소홀히 했지요. 그들의 출신이 비천하다 하여 동석하는 것도 꺼렸습니다. 누군가 달콤한 이득으로 유혹하면 그들이 구천맹에 등을 돌리지 않을 이유가 없지요."

"흠."

오죽노의 말에 몇몇 구파의 수장이 고개를 끄떡였다.

"저로서는 유령문을 차라리 구천맹의 일부로 받아들이길

원했습니다. 그들에게 정당한 대우를 해주면서 말입니다. 그걸 거부한 것은 여러분입니다. 그런데 그들이 영원히 구천맹에 충성할 거라 기대한다면 어리석은 생각이지요."

"알겠소. 마곡산의 일에 대해선 우리도 할 말이 없소. 동의한 일이기도 하고 우리가 유령문을 홀대한 것도 사실이니까."

정명 선사가 논쟁을 끝내려는 듯 서둘러 말했다. 정명 선사가 나서자 군자우도 더 이상 오죽노의 말에 반발하지 않았다. 그러자 무당의 청옥자가 물었다.

"유령문을 상대하는 것 말고 달리 할 일은 무엇이오?"

"당연히 마천을 상대하는 일이지요. 일단 유령문을 압박해 그들의 활동을 제약하면 마천의 암습도 자연스레 줄어들 것입니다. 그때 계책을 써서 마천을 괴멸시키면 되는 것이지요."

"그 계책이란 것이 준비되어 있는 것이오?"

청옥자가 기대 어린 표정으로 물었다.

"얼추 생각해 둔 것이 있습니다."

"성공 가능성은 어떻소?"

"구파가 힘을 모으고 유령문의 활동을 제약한다면… 칠 할의 승부를 노려볼 만하지요."

"칠 할이라……. 나쁘지 않구려."

청옥자가 고개를 끄떡였다. 그러자 이번에는 자부문주 공릉이 입을 열었다.

"그 계책이란 것을 좀 들어봅시다."

"지금은 말씀드릴 수 없군요. 더군다나 족히 몇 달은 준비해야 할 계책을 지금 입에 올릴 수는 없습니다. 사천에서의 일을 반복할 수는 없는 일 아닙니까?"

오죽노가 차갑게 대답했다.

잠시 장내가 침묵에 빠졌다. 구파의 수장들에게 오죽노는 계륵과 같은 사람이었다. 반드시 필요한 인물이지만 왠지 모르게 꺼려지는 존재가 오죽노다. 자칫하다가는 그가 구천맹을 지배할 수도 있다는 경계심 때문이었다.

그러나 지금 급한 것은 마천과의 싸움이었다. 그래서 오죽노를 배척할 수 없는 구파의 수장들이다.

"좋소, 그대의 조건을 받아들이겠소. 그래, 어떤 직위를 원하시오?"

정명 선사가 물었다.

"그동안 제가 해오던 일을 생각하면 특별한 것은 아닙니다. 그저 구천맹의 총군사 자리를 주시면 족합니다."

"총군사라……. 그럽시다. 모두 동의하시오?"

정명 선사가 시원하게 대답하며 구파 수장들의 의견을 물었다. 이미 오죽노의 필요성을 절감했으므로 반대하는 사람은 없었다.

"이제 세 번째 조건을 말해보시오."

정명 선사가 물었다. 그러자 오죽노가 빙그레 웃으며 말했다.

"정말 별것 아닙니다. 그저 그간 고생했다는 의미로 제게 성 옆에 작은 장원을 한 채 지어주시기 바랍니다."

"장원을 말이오? 성안에 거처가 있지 않소?"

"성안에 줄곧 머물다 보니 답답하더군요. 마침 구룡대산 남쪽에 보아둔 자리가 있습니다만……."

"음, 그건 정말 어려운 일이 아니구려. 그리합시다."

"좋습니다. 그럼 전 오늘부터 다시 맹의 일을 돌보도록 하겠습니다."

"그렇게 합시다. 약속은 내일부터 바로 시행될 거요."

정명 선사가 말했다.

그러자 오죽노가 자리에서 일어나 구파의 수장들에게 정중하게 포권을 해 보이고 신형을 돌려 걸음을 옮겼다. 그의 입가에 한줄기 미소가 떠올랐다.

제6장

파천이 세

　혼돈의 시간이 시작됐다. 강호가 다시 마천의 혈난에 빠져
들었다. 강호의 수호자를 자처하는 구천맹의 맹도들이 매일
천하를 질주했다. 그에 맞서 마천의 마두들 역시 강호의 어둠
을 지배했다.

　가끔 낮과 밤이 교차하는 시간에 두 세력이 마주치면 반드
시 피가 흘렀다. 혈사가 이어질수록 암중모색하던 마천의 마
두들도 서서히 세상에 그 모습을 드러냈다.

　사람들은 오랜 숙적인 이 두 세력을 파천이세라 불렀다. 구
천맹의 시대가 가고 파천이세의 시대가 도래한 것이다.

　지루한 싸움이 계속됐다. 세력으로는 여전히 구천맹이 우위
에 있었으나 그렇다고 마천을 한순간에 절멸시킬 우위는 아니

었다. 세상은 혼란스러웠고, 그 혼란 속에서 야심가와 사악한 자들은 흡족하게 그 욕심을 채우고 있었다.

고통은 오직 약한 자들의 몫이었다.

스스슥!

부드러운 돌가루가 바닥에 떨어졌다. 그런데도 먼지는 일지 않았다. 바닥에 쌓인 돌가루 위에 사람의 발자국이 새겨졌다. 그 발자국이 석실을 한 바퀴 돌았다.

"깨끗하군."

덥수룩한 머리를 쓸어 넘기며 궁비영이 중얼거렸다. 석벽에 있던 그림이 모두 지워지고 석벽은 오늘 만든 것처럼 깨끗했다. 그때 석문이 열렸다. 그리고 한 사람이 안으로 들어오다가 멈칫했다.

"들어오세요."

궁비영이 석실로 들어온 사람을 바라보며 말했다.

"이게… 무슨 짓인가?"

야유사군이 반들거리는 석벽을 보며 놀라 말했다. 석벽에 있어야 할 그림, 화인 노송의 무공을 지워 버린 궁비영의 행동에 노한 듯도 보였다.

"무공은 완성됐습니다."

"그렇다고 조사의 유적을 훼손한단 말인가?"

야유사군의 목소리가 엄중했다.

"아마도 조사께서도 이렇게 하길 원하셨을 겁니다."

"이유가 뭔가?"

"화인 조사께서 화선무(花仙舞)를 석화와 양피지 두 곳에 나누어 남기신 이유가 뭐라고 생각하십니까?"

"그야 오직 계명흑성에게만 전수하기 위함이지."

"맞습니다. 그런데 제가 화선무를 수련하면서 석벽의 그림이 완성되었습니다. 당연히 완성된 화선무를 남길 수는 없지요. 남긴다면 계명흑성 아닌 자도 화선무를 수련할 수 있을 겁니다."

"그러나……."

"양피지에 보면 조사께서 남긴 유훈이 하나 더 있더군요."

"음, 선무는 오직 일인 전승한다는 말씀 말인가?"

"그렇습니다. 그러니 이제 화선무의 전승은 오직 제 몫입니다. 후계가 없다면 다른 방식으로 안배해 후대에 남길 것이고, 재목을 본다면 그 아이에게 전하지요. 그러니 령주께선 선무에 관해선 더 이상 관심을 두지 마십시오."

"음, 냉정하군."

"선무에 관해서는 그래야겠습니다."

"그렇게 무서운 무공이었나?"

"두려운 무공이라고 해야겠지요."

"두렵다……. 이유는?"

"살기가 너무 강해 오히려 살기가 지워진 무공입니다. 춤사위 한 자락 한 자락이 모두 살기를 지니고 있지요."

"이상하군. 어째서 조사께서 말년에 그런 무공을 만드신 걸까?"

"모든 것은 시작된 곳으로 돌아간다지 않습니까? 육혈무성의 살수로 무공에 입문한 조사이시니 당연히 그 무공의 끝도 살수의 그것이겠지요. 다만 조사께서는 극에 이른 살기를 넘어서는 무공을 만들고 싶으셨던 것 같습니다. 물론 성공하셨지요."

"그러나 계명흑성의 인재가 아니면 그 살기를 극복하기 어려울 거란 말이군."

"맞습니다. 그래서 조사께서 이 무공을 둘로 나누어 계명흑성의 인재가 아니라면 수련치 못하게 한 것입니다. 그리고 사실 저 역시 아직 완전히 화선무의 살기를 극복한 것은 아닙니다. 대충 억제는 하겠지만… 화선문의 살기를 극복하는 것은 저에게도 평생의 업이 되겠지요."

"음, 알겠네. 자네 말대로 화선무는 이제 자네 것이니까. 그런데 이제 폐관은 끝난 것인가?"

"그렇습니다."

"좋아, 마침 잘되었군. 사실 우린 지금 계명흑성이 필요했다네."

야유사군의 말에 궁비영이 눈살을 찌푸리며 물었다.

"유령문이 위험한가요?"

"그의 반격이 시작됐네. 강호의 유령사들 발이 완전히 묶일 상황이네."

"과연 오죽노군요."

"우리에겐 참 위협적인 자네. 우리에 대해 너무나 많은 것을 알고 있어."

"한때 유령문의 사람이 되려 하던 자이니까요."

궁비영이 머리를 쓸어 넘기며 말했다. 그러자 훤칠한 그의 얼굴이 드러났다. 화인 노송 무공의 전수자, 유령문의 계명혹 성이지만 여전히 젊은 궁비영이다.

"내 실수였네. 그를 너무 믿었어. 유령문의 자존이 그를 통해 이뤄질 수도 있을 거라 생각했던 거지. 그는 외려 유령문을 자신의 손에 넣으려 한 거였는데."

"어쩔 수 없지요. 그런데 그의 사문은 어딥니까?"

"응?"

야유사군이 무슨 말이냐는 듯 되물었다.

"구천맹에 들어오기 전 그의 사문이 있을 것 아닙니까?"

"아!"

갑자기 야유사군이 탄식을 흘렸다.

"왜 그러십니까?"

"참으로 어리석은 일이 아닌가?"

"무슨 실수라도⋯⋯?"

"실수라면 실수지. 이제 생각해 보니 우린 그에 대해 아는 것이 없네. 우리가 그에 대해 아는 것은 그가 구천맹에 들어온 이후부터의 행보야. 그 이전의 그에 대해선 전혀 모르고 있네."

"본래 유령문이 외부인과 관계를 맺을 때는 상대의 모든 것을 조사하지 않습니까?"

"맞네. 그런데 왜 그에 대해선 조사를 하지 않았을까? 참으로 기이한 일이구나. 구천맹의 수뇌란 지위가 내 눈을 가린 모양일세."

"이제라도 늦지 않았지요."

"맞는 말이네. 한번 알아봐야겠어. 본래 엉킨 실타래는 첫 매듭이 중요한 법이거늘……."

야유사군이 후회하는 표정으로 중얼거렸다.

"일단 나가시죠."

"그러세."

야유사군이 고개를 끄떡였다.

오랜만에 보는 햇살이다. 계절이 한 순배를 돌아 다시 겨울에 들어선 만화도는 그럼에도 여전히 꽃이 가득했다.

궁비영과 야유사군은 흐트러진 꽃들 사이로 난 길을 걸었다. 한참을 걷자 멀리 한 사람이 보인다. 궁도요다.

먼저 궁도요를 발견한 궁비영이 걸음을 멈췄다.

"마중을 나왔군."

야유사군도 궁도요를 발견하고는 중얼거렸다.

"어떠신가요?"

"나쁘지 않네. 아니, 사실은 몹시 좋아 보이네."

"몸은……?"

"무공도 얼추 오 할은 회복했네. 이상한 일이지. 원기를 그렇게 소모했으면 삼 할도 회복하기 어렵다고 봤는데 오 할이라니……."

"그분이 잘 보살펴 주신 모양이군요."

"그분? 아, 교연 말이군."

"두 분은 함께 지내시나요?"

"함께 살지는 않네. 하지만 교연이 만화도에 있을 때는 하루 종일 붙어 있지. 요즘이야 문의 일이 다급해 강호에 나가 있지만."

"뭐 하러 지금까지……?"

"자네가 없는데 혼인을 할 수가 있나."

"고지식한 분이죠."

궁비영이 말했다.

"가끔은 답답할 정도로. 가보게."

야유사군이 말했다.

궁비영이 가볍게 고개를 숙여 보이고는 앞서 걷기 시작했다. 그 걸음걸이가 마치 물 위를 걷는 물새와 비슷했다. 그 모습을 보며 야유사군이 중얼거렸다.

"저 아이가 정말 화선무를 완성했구나. 그리고 보면 천의(天意)라는 것이 있는 것일까? 지난 수백 년간 화선무를 수련하다 죽은 기재의 수가 여섯이었는데……."

놀라운 일이다. 계명혹성이 되기 위한 수련에 들어갔던 사람이 궁비영 하나만은 아니었던 것이다.

"왔느냐?"

궁도요가 시선도 돌리지 않고 물었다. 궁도요의 시선은 높게 이는 파도에 닿아 있었다.

"좋아 보이시네요."

"내 걱정은 말아라. 그래, 무공은?"

"무공으로야 이젠 계명흑성이죠."

궁비영이 대답했다.

"네 마음은……?"

"글쎄요."

"나쁘지 않구나."

"무슨 말씀이세요? 마음으론 아직 계명흑성이 아니라서 다행이란 건가요?"

"난 혹시라도 네가 철저하게 유령문의 계명흑성이 되어 나오면 어쩌나 걱정했다."

"여전히 제가 계명흑성으로 사는 것이 마음에 들지 않으시는군요."

"음, 네가 유령문의 귀신이 되는 것은 싫다."

"오죽노의 일이 끝나면 유령문을 떠나겠습니다."

"쉬운 일이 아니다."

궁도요가 고개를 저었다.

"령주께서도 약속한 일이니까요."

"령주의 약속이 중요한 것이 아니라 네 마음이 중요하다."

궁도요의 말에 궁비영이 못마땅한 표정으로 말했다.

"제가 야망에 현혹될 것을 걱정하세요?"

"아니다. 넌 선천적으로 그럴 아이는 아니지. 다만 강호의 인연에서 벗어나지 못할 수는 있다. 인연이란 놈이 얼마나 질긴 놈인지 넌 알지 못해. 계명흑성으로 살다 보면 도저히 끊을 수 없는 인연이 생기게 될 것이다. 선연이든 악연이든."

"그야 어쩔 수 없지요."

"가급적 마음을 두지 마라. 모든 일에."

"그저 칼이나 쓰란 말인가요? 령주의 지시대로?"

"나쁠 것은 없다. 떠날 사람이라면."

"아버지는요?"

"이곳에 남겠다고 했잖느냐?"

"전 떠나고 아버지는 남겠다는 게 이상하잖아요?"

"말했듯이 인연은 질긴 것이니까."

궁도요가 씁쓸한 표정으로 말했다.

"소문주님 때문이라는 건가요?"

"……."

궁도요가 부인하지 않았다. 그러자 궁비영이 고개를 끄떡였다.

"그 이유라면 만화도에 남는 것도 나쁘지 않지요."

"들어가 좀 쉬거라. 난 바다 구경이나 좀 더 하련다."

"그러세요. 너무 오래 있진 마세요. 만화도라도 겨울바람은 차니까요."

"알았다."

궁도요가 대답하자 궁비영이 신형을 돌려 두 사람의 거처가 있는 곳으로 걸어갔다. 그러자 궁도요가 한숨을 쉬며 말했다.

 "내가 남지 않으면… 너도 떠나지 못한다. 유령문은 그런 곳이지. 내가 이곳에 있어야 령주가, 사왕이 안심하고 널 떠나보낼 게다."

*　　　*　　　*

 "단 하나를 선택하라면 어디로 하겠는가?"

 야유사군이 물었다.

 "꼭 필요한 일입니까?"

 궁비영이 되물었다.

 "이대로라면 그는 이대로 싸움을 끝내 버릴 수도 있네. 유령문의 발은 묶였고, 그는 자기 마음대로 천하의 정세를 조절하고 있어. 그사이 구천맹 내에서 그의 힘은 점점 커지고 있지. 이러다 문득 한순간에 그는 마천을 괴멸시키고 구천맹을 장악할 걸세. 이후에는 불을 보듯 뻔하지. 유령문을 멸절시키기 위해 모든 역량을 집결할 걸세."

 "그래서 그를 흔들어야 한다는 거군요."

 "맞네."

 야유사군이 고개를 끄떡였다.

 "그래서 구파 중 하나의 몰락이 필요하고요?"

 "맞네. 사실 그 일조차도 우리에겐 버거운 일이라고 할 수 있지. 정면으로는 승산이 없네. 구파의 저력은 누구보다 자네가 잘 알 걸세. 그래서 계명흑성으로서의 첫 일을 이렇게 부탁하는 거네."

야유사군의 표정이 간절하다. 미안한 기색도 엿보인다.

그러나 궁비영은 무덤덤했다. 무림에서 믿지 말아야 할 것이 상대의 표정이다. 어쩌면 야유사군은 이 일을 통해 계명흑성의 힘을 시험해 보고 싶은 건지도 몰랐다.

"구파 중 하나를 선택하라면… 역시 북산이 좋겠지요."

"할 수 있겠나? 그래도 자네와 인연이 깊은 곳인데……."

"외가들을 건드릴 이유는 없지요. 제룡가주면 족할 것입니다. 배신한 것은 그이니."

"그렇긴 하지. 그라면 적당할 걸세."

"내일 떠나겠습니다."

"그렇게 일찍? 아버님이 서운해하실 터인데?"

"어차피 떠날 길이니까요."

궁비영이 대답했다.

절벽 해안을 돌아서자 작은 포구가 눈에 들어왔다. 궁비영이 심호흡을 크게 했다. 그러자 그의 뒤에서 동왕 귀보전이 물었다.

"긴장되시나 보군요?"

연배로 보자면 하대를 하는 것이 오히려 자연스러운 관계다.

그러나 동굴을 나온 이후 야유사군을 비롯해 유령문의 그 누구도 궁비영에게 하대를 하지 않았다. 오히려 령주를 제외하고는 모두 존대를 했다. 사상 역시 마찬가지였다.

어찌 보면 아주 귀한 손님을 대하는 듯한 태도다.

계명흑성은 그런 자리였다. 유령문의 사람이면서도 손님과도 같은 존재. 유령문에서 궁비영은 그런 기이한 위치에 있었다.

"조금 흥분되는군요."

궁비영이 대답했다. 사실 오랜만에 땅을 보니 흥분되는 것이 사실이었다.

"위험한 일이기는 하지요."

귀보전이 걱정스런 표정으로 말했다. 비록 야유사군을 통해 궁비영이 계명흑성으로 완성되었다는 것을 듣기는 했지만 그의 눈에 궁비영은 전혀 변한 것이 없어보였다.

"눈앞의 일이 위험해서가 아니라 뭍에 나오니 기분이 묘해서 그럽니다."

"아, 그런 의미였군요."

동왕 귀보전이 겸연쩍은 표정으로 대답했다.

"그는 북산에 있습니까?"

"지금은 구룡대산에 있습니다."

"음, 그럼 굳이 북산으로 갈 필요는 없겠군요."

"북산으로 돌아오는 길을 노리겠다는 말이시군요."

"사람이 적을수록 좋지요. 그의 행적을 파악하는 것이 가능하겠습니까?"

"사실 요즘 같아서는 쉬운 일이 아닙니다만 그리해 보겠습니다."

"위험을 감수할 필요는 없습니다. 안 되면 북산에서 기다리지요."

"알겠습니다. 어쨌든 알아보겠습니다."

동왕 귀보전이 대답하고는 서둘러 선실로 들어갔다. 그리고 잠시 후 궁비영이 타고 있는 배에서 전서구가 날아올랐다.

배는 반 시진 뒤 포구로 들어갔다.

* * *

오십여 명의 무리가 구천맹을 나섰다. 그들의 머리 위로 어떤 깃발도 휘날리지 않았지만 구룡대산에 머무는 사람들은 그들이 누구인지 멀리서도 알아볼 수 있었다.

"북산의 호랑이가 돌아가는가?"

멀리서 말을 보살피던 마부 중 한 명이 중얼거렸다.

"그러게 말이야. 근 한 달 만인가?"

곁에서 다른 동료가 대꾸했다.

"최근 들어서는 구천맹의 수장 노릇을 하려 한다지?"

"아무래도 오죽노 님과 가장 밀접한 사이니까."

"이러다가 그가 구천맹의 맹주가 되는 건 아니지 모르겠어."

"가능성이 아주 없는 것도 아니지. 이미 구천맹의 오 할이 오죽노 님을 따르고 있다는 소문이 파다해. 이런 상황에서 제룡가주가 오죽노 님의 지원을 받는다면 구천맹주 자리도 무리한 이야기는 아니지."

"어이쿠, 저것 보게. 떠나기 전에 오죽노 님을 찾아가지 않는가?"

마부의 말처럼 성을 나선 북산 제룡가 일행은 구룡대산 남쪽에 있는 새로 지은 오죽노의 장원 앞에서 잠시 걸음을 멈췄다.

오죽노는 본래 구천맹의 성내에 죽원이라는 거처가 있었으나, 구천맹에 복귀한 이후 성 밖에 새로운 거처를 마련했다. 다른 거처를 마련하는 것은 그가 복귀 조건으로 내건 일이기도 했다.

구천맹의 수뇌들은 천금을 들여 솜씨 있는 장인을 불러 모아 여섯 달 동안의 공사 끝에 아름다운 장원을 그에게 지어주었는데, 오죽노는 장원의 이름을 직접 청빈각이라고 지었다.

아마도 스스로 권력에 욕심이 없음을 드러내기 위해 지은 이름일 테지만 지금은 오히려 그 청빈각에 세상의 힘이 모여들고 있었다.

"사람의 인심이란 참……."

마부가 혀를 찬다.

"왜?"

"얼마 전만 해도 북산 호랑이가 구룡대산을 떠난다면 오죽노께서 직접 나와 작별의 인사를 했을 텐데 이젠 그가 오죽노님을 찾아가 작별 인사를 고하니 하는 말일세."

"그게 세상인심이지. 누가 뭐래도 지금 구천맹의 실세는 오죽노셔. 뭐 우리에게야 잘된 일이지. 오죽노께서는 출신에 구애받지 않고 인재를 쓰시니."

"그러게 말이야. 그동안 구파 출신들이 거들먹거리는 꼴이 보기 싫었는데⋯⋯."

"잘되면 우리도 마부 생활 청산할 수 있을 거야."

"그러게 말이야. 언제까지 말똥이나 치우고 있을 수는 없지."

목소리에 힘이 들어간 마부의 시선은 여전히 청빈각으로 향해 있었다.

"어서 오십시오, 가주! 어찌 이 누추한 곳까지⋯⋯?"

오죽노가 버선발로 뛰어나와 제룡가주 척담산을 맞이했다. 척담산이 작별 인사를 하기 위해 왔다는 것을 이미 알고 있지만, 그의 표정은 진심으로 당혹한 듯하다.

"떠나기 전에 인사나 드리려고 왔소이다, 총군사."

"인사라니요. 기별을 주시면 제가 성으로 들어갈 것을."

"맹을 위해 잠을 줄여가며 일하시는 총군사를 번거롭게 할 수는 없는 일이지요. 그런데 잠시 시간을 내어주실 수는 있겠소?"

"당연하지요. 들어오시지요."

오죽노가 공손하게 척담산에게 안으로 들기를 권했다. 그러자 척담산이 뒤를 돌아보며 제룡가의 식솔들에게 말했다.

"너희들은 이곳에서 기다리거라. 내 총군사와 긴히 할 말이 있으니."

"알겠습니다, 가주님!"

척담산을 호위해 구룡대산에 나와 있던 제룡가 수풍당주 한광이 대답했다.

그러자 척담산이 고개를 끄떡이고는 서둘러 오죽노의 거처로 들어갔다.

"오랜만이구려. 이렇게 둘만 있는 것이."

오죽노의 방에 들어 두 사람만 있게 되자 척담산이 입을 열었다. 그런데 밖에서 오죽노를 대하던 것과는 조금 다른 모습니다. 마치 수하를 대하는 것 같은 척담산이다.

"그렇지요. 두어 달 만인가요?"

오죽노가 공손히 대답했다.

"음, 그동안 조금 답답했소."

"그러시겠지요."

오죽노가 고개를 끄떡였다.

"일은 어찌 되어가오?"

척담산이 물었다.

"보시는 대로입니다. 마천과의 싸움은 교착 상태이긴 하나 우리가 유리한 편이고, 유령문의 경우 그들의 움직임을 제약하기 위해 몇 군데의 거점을 공격한 이후 활동이 잠잠한 상태지요."

오죽노의 대답에 척담산이 살짝 볼을 씰룩였다. 자신이 원하는 대답이 아니라는 말이다.

"그걸 묻는 것이 아니지 않소?"

"가주께서 원하시는 것을 얻으려면 맹에 약간의 혼란이 필요합니다."

"혼란?"

"그렇습니다. 지금 상태에서는 절대 구파의 다른 주인들이 맹주를 세우는 일에 동의하지 않을 겁니다. 그들은 누군가의 손에 구천맹의 권력이 집중되는 것을 원치 않으니까요."

"어떤 혼란을 생각하고 계시오?"

"한 번의 패배가 필요하지요. 그 패배는 특별히 구파의 의견이 맞지 않아 일어난 패배여야 합니다. 물론 그 일에서 제룡가는 물러서 있어야겠지요."

"중립을 지키라는 말이구려."

"그렇습니다."

오죽노가 고개를 끄떡였다. 그러면서 다시 입을 열었다.

"마침 지금 자부분과 비산문은 목양의 적을 치자는 쪽이고, 다른 문파들은 그 일을 반대하고 있지요."

"맞소이다. 목양은 호남과 호북의 두 문파를 삼 일 만에 공격할 수 있는 거리, 두 문파에게 목양의 마천 무리는 목에 가시 같은 존재일 것이오."

"반면에 난공불락의 요새에 위치해 있어 그곳을 공격하자면 본 맹의 피해도 만만치 않겠지요."

"그곳을 공격하잔 말이오?"

"그렇습니다."

"그곳을 공격한다고 일이 뜻대로 되겠소?"

척담산이 미심쩍은 표정으로 물었다.

"자부문과 비산문을 은근히 부추겨 좀 더 강하게 공격을 주장하게 하겠습니다. 결국 두 문파의 고집에 어쩔 수 없이 공격에 나서는 모양새가 되겠지요."

"그 이후에는 어찌하시려오?"

"공격의 주도권은 자부문과 비산문에게 주고 다른 문파 두어 곳으로 하여금 뒤를 바치게 하겠습니다. 음, 백문과 화산이 좋겠지요."

그러자 척담산이 고개를 갸웃한다.

"그들은 자신들의 안위를 들어 가장 노골적으로 공격을 반대하는 문파들인데……."

"그래서 그들입니다. 비산문과 자부문은 결코 목양을 함락하지 못합니다. 외려 반격을 받겠지요. 하면 그들은 후방의 백문과 화산에게 도움을 청할 텐데 두 문파는 아마 무척 소극적으로 나설 겁니다. 싸움은 결국 패배하겠지요. 그럼 이 싸움의 패배에 대한 책임 논쟁이 벌어질 겁니다."

"음, 그렇구려. 서로 잘못을 추궁하겠구려."

척담산이 고개를 끄떡였다.

"무리한 출병을 요구한 비산문과 자부문, 자파의 안위를 생각해 소극적으로 나선 화산과 백문, 어느 쪽도 승자가 없는 싸움이 될 겁니다. 하면 그때 제가 맹에 맹주를 세우는 문제를 거론하겠습니다. 이대로는 절대 마천을 완전히 제압할 수 없다는 이유를 들어서 말입니다."

"심모원려! 좋은 계책이오. 한마디 말을 꺼내기 위해 이토록 큰 싸움을 준비하다니 역시 오죽노시오."

"그 한마디 말이 가주를 위한 것임을 알아주시기 바랍니다."

"이를 말이오! 내가 어찌 총군사의 은혜를 잊겠소. 내 맹주가 된다면 총군사는 나와 함께 구천맹 권력의 절반을 갖게 될 것이오. 일인지하 만인지상이 아니오. 그대는 나와 같이 구천맹의 주인이 될 것이오. 약속하오."

"과하신 약속입니다. 전 그저 총군사로 만족합니다."

오죽노가 가볍게 고개를 숙여 보였다.

"원, 이렇게 욕심이 없으셔서야. 야심가라는 사람들의 오해를 받으면서도 말이오."

척담산이 혀를 찬다.

"제 팔자가 그러려니 하는 것이지요. 하하!"

"음, 언제 돌아오면 되겠소?"

"일이 제대로 되려면 두어 달은 필요하지요."

"알겠소. 내 최대한 일찍 구룡대산으로 돌아오겠소."

"그런데 북산의 일은……?"

오죽노가 묻자 척담산이 눈살을 찌푸린다.

"자식 일은 마음대로 되지 않는다더니… 세 놈이 수하들을 부려 칼부림까지 한 모양이오."

"이 기회에 후계를 정하는 것도 나쁘지 않겠군요."

오죽노가 말했다. 북산에서 척담산의 세 아들이 치열한 후계자 싸움을 벌이고 있는 것을 두고 하는 말이다.

"아무래도 그래야겠소. 이대로라면 집안이 풍비박산이 날 상황이오. 중요한 때에 이런 일로 구룡대산을 떠나야 하다니 한심한 일이오."

"가화만사성이라 했습니다. 이런 때일수록 가문을 단단히 단속하십시오. 괜한 구설수에 오르면 계획대로 일이 되지 않을 수도 있습니다."

"알겠소이다. 그럼 이만 가보겠소."

"북산으로 돌아가는 일은 오늘 알려졌겠지요?"

오죽노가 물었다.

"그렇소. 마천의 사주를 받은 자들이 천하에 산재해 있으니 어쩔 수 없이 조심하게 되는구려."

"누구든 조심해야 할 때지요."

"그럼!"

척담산이 자리에서 일어났다. 그러자 오죽노가 얼른 앞으로 나서서 배웅했다.

"가자!"

오죽노의 거처에서 나온 척담산이 제룡가의 고수들에게 명을 내리고는 훌쩍 말에 올라 청빈각을 떠났다.

그러자 그를 배웅하던 오죽노가 중얼거렸다.

"어리석은 사람. 내게 구천맹의 반을 주겠다고? 난 이미 반을 가지고 있는데 그걸 모른단 말인가?"

*　　　*　　　*

두 여인이 작은 마을 초입에 들어섰다. 한 명은 나이가 지긋한 노파이고 다른 한 명은 아직 삼십이 되어 보이지 않는 젊은 여인이다.

마을에 들어선 두 사람은 이내 작은 객잔으로 들어섰다. 이미 날이 어둑해지고 있었다.

"어서 오십쇼."

어린 점소이 놈이 어른 흉내를 내며 두 사람을 맞았다.

"잘 곳이 있소?"

나이든 노파가 물었다.

"그럼요. 객방에 방이 없겠습니까?"

점소이는 어떻게든 농을 던지며 친밀감을 드러내려 했지만 노파의 표정은 싸늘할 뿐이다.

노파의 시원찮은 반응에 점소이가 겸연쩍은 표정을 지으며 다시 입을 열었다.

"이리로 오십시오."

"먼저 식사를 합시다."

노파가 말했다.

"아, 그러시게요? 그럼 이쪽으로……."

잠만 자고 가는 손님보다야 요기까지 해결하는 손님이 이문이 많이 남는 법이다. 점소이의 표정이 다시 밝아졌다.

"이곳이 전망이 좋지요."

점소이는 두 여인을 일층 동쪽 창 쪽에 있는 식탁으로 데려 갔다.

"소면과 만두를 주시오."

노파가 점소이가 묻기도 전에 주문을 했다.

"알겠습니다. 그럼 조금만 기다리세요."

점소이가 얼른 고개를 꾸뻑이고는 서둘러 주방 쪽으로 걸어 갔다. 그러자 노파가 잠시 주변을 살피다가 입을 열었다.

"그에게선 아직 소식이 없느냐?"

"네, 사부님."

젊은 여인이 대답했다.

"걱정이구나."

"일을 당하실 분은 아니니 너무 걱정 마세요."

"하지만 상대는 오죽노다. 오죽노의 손아귀에 들어갔다면 토귀라도 생사를 가늠할 수 없음이야."

"하지만 오죽노가 토귀 어른을 데려간 것은 시킬 일이 있기 때문일 거예요."

"그렇긴 하다만… 그래도 이렇게 소식이 없을 수는 없지."

노파가 한숨을 내쉬었다.

"한번 가볼까요?"

"어딜? 구룡대산에?"

"예."

"아서라. 위험하다."

노파가 얼른 고개를 저었다.

"조심하면 걱정할 것 없어요."

"이향, 넌 아직도 그 성급한 마음을 다스리지 못하느냐?"

노파가 질책하듯 말했다.

"사부님이 너무 조심하시는 거예요. 세상에 천수가 가지 못할 곳은 없어요."

여인은 과거 사천에서 무량보를 두고 목불 살자이와 대립하던 천하이도의 일인 천수 구이향이었다.

"그러나 오죽노는 다르다."

"여전히 그가 두려우세요?"

"당연한 일이지. 그의 손아귀에서 빠져나오기 위해 마불까지 상대했는데."

"그에게 복수하실 생각은 없으세요?"

"누구? 오죽노?"

"예."

"어리석은 소리. 구천맹을 위해 일을 한 것은 오직 내 선택에 의해서였다. 비록 그에게 험한 대접을 받기는 했어도 그 일자체를 후회하지는 않는다."

"알겠어요."

구이향이 얼른 대답했다. 노파는 그녀의 사부로 전대 천수로 활동한 초지화라는 여인이었다.

그녀는 마천의 시대 구천맹을 위해 일하다 마불 구르간에게 치명적인 부상을 입었다. 이후 그 부상으로 생사를 헤매다가 무량보를 두고 인연이 닿은 목불 살자이의 도움으로 기적적으로 건강을 회복했다.

당시 그녀들과 함께 있던 천하이도 토귀 녹명이 오죽노의 명을 받고 그들을 찾아온 궁비영 등을 따라갔는데, 이후 토귀로부터의 연락이 끊겨 두 사람을 걱정시키고 있었다.

"오죽노는 어떤 사람이죠?"

문득 구이향이 물었다.

"몰라서 묻는 것이냐?"

"그의 성정이 아니라 그의 내력이요. 구천맹 이전의 그에 대해선 알려진 게 없잖아요."

"음, 그렇긴 하지. 하지만 나도 그 일은 잘 모른다. 듣자 하니 구천맹에 오기 전에는 적불산에 머물렀다고도 하고."

"적불산이요?"

"뭐 세상에 알려진 산은 아니다. 동쪽 바닷가 어딘가에 있다던데… 자세한 것은 모르겠구나. 그런데 생각해 보면 참 이상한 일이지. 왜 모두들 그의 내력에 대해서는 궁금해하지 않는 걸까?"

노파가 고개를 갸웃했다. 그러자 구이향이 대답했다.

"그건 아마도 그가 혼자이기 때문일 거예요."

"혼자라니? 그의 무리가 얼마나 많은데?"

"지금 그를 따르는 자는 모두 그가 구천맹에 들어온 이후에 얻은 사람들이에요. 구천맹에 올 때는 혼자였죠."

구이향의 말에 노파가 잠시 생각에 잠겼다가 고개를 끄떡였다.

"음, 일리 있는 말이구나. 세력이 없는 자는 아무리 재주가 뛰어나도 무림에선 위협이 되지 않지."

"어쩌면 구파의 수장들을 방심시키려고 일부러 홀로 왔을 수도 있어요."

"숨겨둔 세력이 있을 거란 말이냐?"

"그야 모르는 일이죠."

구이향이 어깨를 으쓱하며 대답했다.

그때 점소이가 국수와 만두를 가지고 나왔다. 김이 모락모락 나는 것이 제법 맛깔스런 모습이다.

"맛있게 드십시오."

점소이가 음식들을 내려놓고는 서둘러 물러갔다. 방금 전 다른 손님들이 객잔으로 들어왔기 때문이다.

"어서 옵쇼!"

다시 어른 흉내를 내는 어린 점소이의 목소리가 들린다.

"방이 있소?"

낮지만 굵은 목소리가 들린다. 자연스레 구이향의 시선이 객잔에 들어온 손님에게로 향했다. 초로의 노인과 젊은이 한 명이 보인다.

구이향이 무심히 그들을 스쳐보고는 만두 하나를 입에 넣었다. 그러다가 갑자기 무슨 생각이 들었는지 재빨리 객잔에 들어온 자들을 다시 살폈다.

노인은 구이향 쪽을 보고 앉았고 청년은 구이향을 등지고 앉아 있다. 곁에서 점소이가 열심히 떠들어대고 있었는데 노인이 손을 들어 점소이를 제지하고는 간단하게 몇 마디 말로 음식을 시켰다.

"왜 그러느냐?"

구이향의 행동이 이상해 보였는지 전대 천수 초지화가 물었다.

"그게 어디서 본 사람 같아서요."

"늙은 쪽? 아니면 젊은 쪽?"

"젊은 사람이요. 한 번 더 보면 확실할 것 같은데 등을 돌리고 있네요."

"어디서 보았단 말이냐?"

"그게 확실치는 않아요. 그러나 정말 그러면 우린 조심해야 해요."

"왜?"

"그는… 오죽노의 사람이니까요."

"오죽노? 저들이 구천맹의 사람이란 말이냐?"

"아직 확실치 않아요. 한 번 더 봐야 해요."

"음, 일단 요기를 해라. 노인의 눈빛이 심상치 않구나."

"알았어요."

구이향이 시선을 거두고는 서둘러 만두와 국수로 요기를 마쳤다.

식사를 마친 두 사람이 점소이를 불렀다.

"식사는 다 하셨습니까?"

점소이가 다가서며 물었다.

"음. 잘 먹었네. 이제 방으로 갔으면 하는데……."

"따라오십시오."

점소이는 이층 안쪽 깊이 두 사람을 데려갔는데, 그 덕에 구이향은 아래층에서 요기를 하고 있는 젊은이의 얼굴을 다시한 번 볼 수 있었다.

"여깁니다."

점소이가 작은 객방 문 앞에서 말했다.

"수고했네."

"며칠이나 묵으실 생각이신지……?"

"하루면 되네. 계산은 내일 나가면서 하지."

"알겠습니다. 그럼 편히 쉬십시오."

점소이가 꾸벅 인사를 하고는 두 사람에게서 멀어졌다. 그러자 구이향이 재빨리 말했다.

"그가 맞아요."

"오죽노의 사람이라고?"

"예. 예전에 오죽노의 심부름으로 토귀 어른과 절 데리러 왔던 바로 그자예요."

"그럼 구천맹의 흑성이란 말이냐?"

전대 천수 초지화가 놀라서 물었다.

"확실해요."

"얼른 들어가자. 흑성이라니… 예감이 좋지 않구나."

초지화가 서둘러 구이향을 객방 안으로 데리고 들어갔다.

제7장

새벽을 여는 별

"아는 자들입니까?"

두 여인이 객방으로 들어가자 동왕 귀보전이 궁비영에게 물었다.

"천수라는 별호를 쓰더군요."

"아, 천하이도란 말이군요."

"구천맹의 흑성일 때 한 번 만난 적이 있지요."

"곤란하군요."

귀보전이 불편한 표정으로 말했다.

"그들의 입을 걱정하는 겁니까?"

"물론 입이 무거운 자들이긴 하지만… 유령사를 붙여야겠습니다."

"눈이 좋은 자들입니다. 외려 긁어 부스럼이 될 수도 있지요. 지나가는 것이라면 모른 척하는 것이 좋습니다."

"하지만 따라온다면 곤란하지요."

"좋습니다. 그 일은 동왕께서 좋을 대로 하십시오. 하지만 그들에게 함부로 손을 쓰지는 말라 하십시오."

"그야 당연한 일이지요."

동왕 귀보전이 고개를 끄떡였다.

"하면 그만 객방에 드시지요."

궁비영이 젓가락을 놓으며 말했다. 그러자 동왕이 손을 들어 점소이를 불렀다.

오래된 종이 냄새가 묻어났다. 그렇다고 쾌쾌한 냄새는 아니고 마치 서간에 들어온 듯한 냄새다.

궁비영은 창가에 놓인 침상에 몸을 뉘였다. 머리가 텅 빈 듯하다. 그 자신이 무슨 일을 하고 있는지조차 혼란스러울 정도이다. 몸은 유령문의 계명흑성이 되었지만 머리와 마음은 아직도 그 신분이 어색했다.

그 때문인지 아련한 두통이 밀려왔다.

"휴⋯⋯."

궁비영이 한숨을 쉬며 몸을 돌려 뉘였다. 그러자 두통이 사라졌다. 그의 정신이 맑아지자 사방의 소리가 들려온다.

"만나볼까요?"

문든 창밖 처마 위에서 여인의 목소리가 들렸다. 보지 않아도 알 수 있는 자들이다. 천수 사제가 지붕 위에 올라와 있는 것이다.

'호기심이 많으면 위험한 법인데……'

이상하게 마음이 쓰였다. 그저 그들을 불러오라는 오죽노의 명에 잠시 스친 인연일 뿐이다. 그런데도 이 기이한 도둑들에게 마음이 쓰이는 궁비영이다.

"에이."

궁비영이 귀찮은 몸짓으로 침상에서 일어났다. 그리곤 창문을 열었다. 시원한 바람이 밀려들어 왔다. 그러자 지붕 위의 대화도 끊겼다.

그런데 그 순간 궁비영이 기이한 행동을 했다.

"내게 관심을 두지 말고 조용히 떠나시오. 난 더 이상 구천 맹의 사람이 아니오. 내게 관심을 두는 순간 그대들 두 사람의 목숨이 위험해질 거요. 잠시 만난 인연을 생각해서 말해두는 것이니 부디 내 충고를 흘려듣지 마시오. 밤바람이 차니 그만 들어가 쉬시구려."

궁비영이 자신이 할 말만 하고는 창문을 닫았다. 그러자 갑자기 사방이 침묵했다. 풀벌레도 울음을 멈춘 듯했다.

지붕 위에 앉아 있던 초지화와 구이향 두 스승과 제자는 서로를 바라보며 할 말을 잃고 말았다. 자신들의 존재를 이렇게 쉽게 알아챌 수 있는 사람이 강호에 있다는 것을 믿을 수 없었다.

한순간 초지화가 구이향에게 눈짓을 했다. 두 사람은 조용히 자리에서 일어나 자신들의 거처로 향했다.

"우리가 실수를 한 건가요?"

객방으로 돌아온 구이향이 초지화에게 물었다.

"글쎄다. 나도 모르겠구나."

초지화가 불안한 얼굴로 말했다. 도둑들에게 가장 중요한 것은 몸을 숨길 수 있는 능력이다. 그런데 최대한 조심을 했는데도 누군가에게 들켰다면 불안하지 않을 수 없었다.

"그러고 보니 많이 변한 것 같기도 해요."

"그자?"

"예."

"음, 하긴 구천맹의 흑성이라고 하기에는 그 기도가 너무나 기이했어. 마치 우리의 천적을 만난 느낌이랄까."

"도대체 그에게 무슨 일이 있었던 걸까요? 그는 더 이상 구천맹의 사람이 아니라고 했는데……."

"오죽노의 손아귀에서 빠져나오는 것이 쉽지는 않았을 텐데……."

초지화가 고개를 저으며 말했다.

"배신을 당했을 수도 있지요."

"오죽노에게?"

"네."

"가능한 일이기는 하지만 오죽노가 왜 흑성을 버릴까?"

"소문 못 들으셨어요?"

"오죽노가 수년 전 마곡산에서 큰 혈사를 벌였다는 소리 말이냐? 유령문과 구천맹의 일부 흑성을 몰살했다는."

"어디서 난 소문인지 모르지만 강호에 은밀히 떠돌고 있어요."

"그 소문을 믿는 거냐?"

"아주 허언은 아닐 수도 있어요."

구이향이 정색을 하며 말했다.

"왜?"

"생각해 보세요. 우리가 구천맹에 들어가 마천과 싸울 때 안면을 익힌 흑성들을 최근에 본 적 있으세요? 아무리 흑성이 은밀히 움직이는 자들이라 해도 그간 한 사람도 보지 못했어요."

"음, 듣고 보니 이상하긴 하구나. 그 무서운 유령사도 보이지 않고. 하긴 구천맹과 유령문은 물과 기름 같은 존재지. 도저히 공존하기 어려운 데가 있어."

초지화가 고개를 끄떡였다.

"유령문이 온전히 멸망했을 리는 없어요. 그들이 어떤 자들인데."

"그렇겠지. 뭐, 그야 어쨌든 우린 상관 않는 게 좋겠다. 오죽노와 얽히는 것은 정말 괴로운 일이지."

초지화가 얼굴을 찌푸리며 말했다.

"그럼 이대로 떠날까요?"

"어차피 구룡대산으로 가던 길 아니냐? 토귀의 흔적을 찾아보긴 해야 하니까."

"……."

초지화의 말에 구이향이 대답을 하지 않는다.

"왜 그러느냐?"

"전 왠지 그를 따라가 보고 싶어요."

"응?"

"그는 목불과도 인연이 깊은 사람이에요."

"목불과도?"

초지화가 처음 듣는 말이라는 듯 물었다.

"목불이 무량보를 찾으러 왔을 때 보니 그렇더라고요. 그는 이상하게 흥미가 생기는 사람이에요."

"이 녀석아, 강호의 격언을 잊었느냐? 호기심은 결국 화를 부른단다."

"그래도 그냥 기분이 그래요. 괜찮을 것 같은 기분도 들고."

"감은 믿을 게 못 돼!"

초지화가 단호하게 말했다.

"그래도요."

"또 고집 부린다."

초지화가 엄한 눈을 했다. 그러자 구이향이 배시시 웃으며 말했다.

"그래도 내 말대로 해주실 거죠?"

"아이구, 내가 어쩌다 이런 제자를 뒀을꼬."

"그래도 사부님을 살린 건 저라고요."

"그래그래, 그 말을 왜 안 하나 했다. 에라, 모르겠다. 이제 천수는 너니 네 마음대로 하거라. 일단 잠부터 좀 자고."

"고마워요."

"고맙긴. 사실 나도 궁금하긴 하구나. 도대체 그는 어떤 사람인지."

*　　　*　　　*

"어리석은 사람들!"

궁비영이 중얼거렸다.

"어찌할까요?"

동왕 귀보전이 물었다.

"그냥 놓아두시죠."

"일에 방해가 될 수도 있습니다."

"가만히 생각해 보니 어쩌면 필요한 사람일 수도 있어서 하는 말입니다."

궁비영의 말에 귀보전이 조금 놀란 표정을 지었다.

"그들을 이용하시겠다는 말입니까?"

"과거 사천에서 오죽노가 토귀를 불렀지요."

"알고 있습니다."

"그가 토귀를 불렀다는 것은 무엇인가 은밀한 일을 계획한다는 건데, 전 그것이 동정호에서 유령문을 유인하는 함정을 만드는 일이라 생각했습니다."

"결국 그 일은 계명흑성님 덕분에 실패로 끝났지요."

귀보전이 대답했다. 동정호에서 함정에 빠지지 않은 것은 온전히 궁비영 덕분이었다.

"그런데 지금 생각해 보면 오죽노가 토귀를 부른 것이 꼭 동정호의 일 때문은 아닌 것 같군요."

"그럼 다른 함정을 준비하고 있단 말인가요?"

"토귀가 오죽노에게 불려간 때와 동정호에서 유령문을 유인하려 하던 시기가 겨우 한 달여 정도밖에 차이가 나지 않았지요. 사천에서 동정호로 이동하는 시간을 빼면 며칠 남지도 않는데, 그 안에 함정을 만든다는 것은 그리 쉬운 일이 아니지요."

"그렇긴 합니다만, 그래서 더욱 토귀가 필요했던 것 아니겠습니까?"

귀보전의 말에 궁비영도 고개를 끄떡였다. 그러나 한편으로는 여전히 오죽노가 토귀에게 다른 일을 맡겼을 거란 예감이 들었다.

"토귀가 구천맹을 떠났다면 아마도 그들과 함께 있었을 겁니다."

"천하이도가 한 이름으로 불려도 항상 같이 있는 것은 아니지요."

귀보전이 궁비영과 생각이 다른 듯 말했다.

"물어보면 알겠지요."

순간 귀보전이 놀란다.

"다시 그들을 만나시려는 겁니까?"

"뭐, 안 될 일은 없지요."

"위험한 일입니다."

귀보전이 단호하게 말했다.

이때만큼은 연장자로서, 혹은 유령문의 터줏대감으로서의 단호함을 드러내는 귀보전이다. 그러나 그렇다고 하고 싶은 일을 하지 않을 궁비영도 아니다.

"이대로 그들이 우리 뒤를 쫓는 것이 더 불편하지요."

"차라리 손을 써 경고를 하심이……. 아니면 베어버리는 것도 나쁘지는 않을 것 같습니다만……."

그러자 궁비영이 귀보전에게 시선을 돌렸다.

"유령문은 함부로 살수를 쓰지 않는다고 들었습니다만."

목소리가 차갑다. 그러자 귀보전이 흠칫한다.

"그렇기는 합니다만 이대로 두기에는 위험한 자들이라……."

"쓸모도 많지요. 그리고 날 따라다니려면 함부로 살생을 할 생각은 마십시오. 난 적어도 유령문이 마천이나 구천맹과는 다를 거라 기대하고 있으니까."

경고라는 것을 귀보전은 금세 알아챘다. 그의 말을 따르지 않을 경우 벌어질 일은 두 가지다.

궁비영이 유령문을 떠나든지 아니면 자신을 만화도로 돌려보내든지. 어느 쪽도 이로울 것이 없었다.

"조심하지요."

귀보전이 순순히 궁비영의 말에 수긍했다. 그러나 그 모습이 더 궁비영의 마음을 언짢게 했다.

유령문에서 사왕은 령주와 거의 동등한 권위를 가진다. 유령문의 문도를 들일 수 있는 권한도 있는 사왕이다.

그런데 그런 자가 자신의 말에 이렇게 쉽게 순응하는 것은 아마도 그에게 원하는 바가 그만큼 크고 무겁기 때문일 것이다.

"아무튼 그들을 만나겠습니다."

궁비영이 고집스럽게 말했다.

"다른 사람을 보내는 것은 어떻겠습니까?"

"아닙니다. 내가 가야 그들을 정확히 판단할 수 있습니다. 어느 쪽에 설 사람들인지. 저도 제 나름대로 보는 눈이 있으니……."

"알겠습니다. 그럼 자리를 만들어보지요."

귀보전이 대답했다. 그러자 궁비영이 고개를 저었다.

"그럴 필요 뭐 있겠습니까? 가서 만나면 그뿐이지요."

궁비영이 말을 하고는 갑자기 오던 길을 되짚어 가기 시작했다. 그러자 그 모습을 보며 귀보전이 중얼거렸다.

"역시 아직은 어린 건가? 가끔 이렇게 엉뚱한 행동을 하니. 하긴 그것이 나쁜 것은 아니지. 외려 감정에 흔들리는 사람을 통제하기가 한결 수월한 법이니까."

동왕 귀보전이 훌쩍 신형을 날려 궁비영을 따라갔다.

"어쩌죠?"

구이향이 사부 초지화에게 물었다. 멀리서 궁비영이 다가오는 것을 보고 한 말이다. 수십 장 밖이지만 자신들을 향해 오고 있다는 것을 본능적으로 알 수 있었다.

"도둑은 위험하면 도망가는 거다."

초지화가 말하고는 쭈그려 앉아 있던 나뭇가지에서 일어났다. 구이향도 급히 몸을 일으켜 뒤로 물러나려 했다.

그런데 한순간 두 사람의 다리가 얼어붙었다.

"언제……."

구이향의 입에서 낭패한 음성이 흘러나왔다. 언제부터인지 알 수 없지만 그들의 뒤쪽에 두 명의 흑의 복면인이 두 사람의 퇴로를 막고 있었다.

그렇다고 그들이 두 사람을 공격할 것 같지는 않았다. 단지 길만 막으려는 듯 보였다.

"싸워요?"

구이향이 낮게 물었다. 그러자 초지화가 대답했다.

"아니면 달리 방법이 있느냐?"

먼저 몸을 날린 것은 초지화였다. 비무라면 모를까, 위험한 싸움을 제자에게 미룰 수는 없었다.

초지화의 신형이 눈 깜짝할 사이에 두 복면인에게 다가갔다. 뒤이어 그녀의 손에서 날카로운 암기가 번뜩였다.

파팟!

그녀의 손을 벗어난 암기가 무서운 속도로 두 복면인을 관통했다.

"이런!"

초지화의 입에서 낭패한 음성이 흘러나왔다. 그녀가 던진 암기들은 분명 흑의인들을 격중시켰는데 그 암기들이 마치 유령을 상대한 것처럼 허공을 뚫고 날아갔기 때문이다.

그럼에도 불구하고 복면인들은 그 자리에 그대로 서 있었다.

"당신들은……?"

초지화가 공격을 잊고 복면인들을 향해 말을 건넸다. 그런데 그때 문득 복면인들이 그 자리에서 귀신처럼 사라졌다.

"유령사?"

초지화의 입에서 두려움이 깃든 목소리가 흘러나왔다.

"왜 내 경고를 무시하는 거요?"

초지화가 뒤를 막아섰던 복면인들이 유령문의 유령사임을 깨닫는 순간 오른쪽 나무 위에서 한 사내의 목소리가 들렸다.

"어느새……?"

초지화의 얼굴에 경악스런 빛이 떠올랐다. 분명 그녀들과 궁비영의 거리는 제법 멀었다. 그런데 어느새 궁비영이 그녀 곁에 와 있는 것이다.

"사부님!"

당황하는 초지화의 앞을 구이향이 막아섰다. 그러고는 긴장한 표정으로 궁비영에게 물었다.

"당신은 정말 구천맹을 떠났나요?"

"그렇소."

궁비영이 대답했다.

"유령문과는 어떤 관계인가요?"

다시 구이향이 물었다.

"역시 천수구려. 그들이 유령문의 사람인 것을 단번에 알아보다니."

"내 암기를 그렇게 쉽게 피할 수 있는 자들은 흔치 않지. 더군다나 우린 과거 유령문의 유령사들을 본 적이 있소. 유령사가 맞소?"

구이향의 등 뒤에서 초지화가 말했다.

"맞소. 그들은 유령사들이오."

궁비영이 순순히 수긍했다.

"그들과 어떤 관계죠?"

구이향이 물었다.

"그걸 내가 왜 대답해야 하오?"

"……."

구이향이 할 말을 잃고 대답을 못하자 이번에는 궁비영이 물었다.

"토귀는 어디 있소?"

"당신이 데려갔잖아요."

구이향이 대답했다.

"아직 돌아오지 않았소?"

"그 이후 소식이 끊겼어요. 그는 어디로 간 거죠?"

오히려 구이향이 궁비영에게 물었다.

"그는 오죽노에게 갔소."

"그건 저도 알아요."

"그 이후의 일은 나도 모르겠소. 직후에 난 구천맹을 떠났소."

"당신은 왜 구천맹을 떠난 거죠?"

"그 대답을 들으려면 당신들은 아주 중요한 약속을 해야 하오."

"비밀은 지켜 드리죠. 우린 입이 무거운 편이에요."

"그야 당연한 일이오. 오늘 날 만난 것, 나와 나눈 대화가 강호에 흘러나오는 순간 당신들은 죽을 테니 말이오."

궁비영이 무심한 표정으로 협박을 했다.

"지금 우릴 협박하는 건가요?"

"충고를 하는 거요."

"제가 천하에서 가장 뛰어난 도둑이란 걸 잊으셨나요?"

구이향의 말에 궁비영이 고개를 저었다.

"도주할 생각은 하지 마시오. 절대 성공할 수 없는 일이오."

"흥, 누구도 우리를 막을 수는 없어요."

구이향이 시험을 해보려는 듯 신형을 날리려 했다. 그런데 그때 기이한 일이 벌어졌다.

몸이 말을 듣지 않았다. 마치 무엇인가가 그녀를 옭죄고 있는 느낌이다. 구이향이 당황한 표정으로 궁비영을 바라봤다. 궁비영은 여전히 나무 위에서 두 사람을 바라보고 있었다.

그런데 기도가 변해 있다. 마치 먹구름을 몰고 온 듯 궁비영의 주위가 거뭇하게 보였다.

그리고 느껴지는 기이한 마력. 주변의 모든 공기가 그의 통제하에 있는 것처럼 그렇게 주위의 사물들이 그의 표정, 그의 행동에 동조하는 느낌이 들었다.

한순간 구이향은 소름이 끼쳤다. 강호의 절대자 중 순수한 기운으로 상대를 제압하는 자가 없는 것은 아니다. 그러나 그녀와 사부 초지화는 누군가의 기도에 제압당할 만큼 약한 사람들이 아니었다.

그런데 지금 한때는 구천맹의 흑성이던 이 젊은 무인의 기도에 그녀의 몸이 자신도 모르는 사이에 얼어붙은 것이다.

"가더라도 이야기는 끝내고 가시오."

궁비영이 말했다. 그리고 그의 말을 듣는 순간 구이향은 자신들이 결코 이 사람의 손아귀에서 벗어날 수 없다는 것을 깨달았다.

그건 놀라운 경험이었다. 당혹스런 일이기는 하나 또한 신기한 일이기도 했다. 도대체 그는 어떤 무공을 수련한 것일까.

"그물에 걸린 고기 같군요."

구이향이 별수 없다는 듯 일으킨 진기를 풀며 말했다.

"그물을 찾아온 것은 그대들이오. 난 그대들을 초청한 적이 없소."

궁비영이 말하는 사이 구이향과 초지화를 옭죄고 있던 그 끈적끈적한 진기의 그물의 거짓말처럼 사라졌다.

그러나 그 그물은 두 사람이 도주하려 하면 다시 일어나 그들을 가둬 버릴 것이다.

"좋아요. 모두 우리가 선택한 일이죠. 그럼 이제 당신의 이야기를 들어볼까요?"

"목숨을 내놓을 준비가 되었소?"

"어쩔 수 없잖아요?"

"오죽노와 맞서야 하는 일이오."

궁비영의 말에 구이향과 초지화의 표정이 일그러졌다. 두 사람에게 오죽노는 다시 마주치고 싶지 않은 사람이다. 마천과의 싸움 이후 그들이 줄곧 모습을 감추고 사는 것 역시 그런 이유였다.

"오죽노라 했나요?"

"그렇소. 그와 맞설 수 있소?"

"……."

"자신이 없는 모양이구려."

궁비영이 무심한 표정으로 말했다. 그러자 초지화가 신중한 표정으로 말했다.

"그는… 세상에서 가장 위험한 사람이오."

"알고 있소. 그러나 난 그에게 세상에서 가장 위험한 사람이 될 거요."

궁비영의 말을 들은 초지화가 잠시 그의 눈을 바라보았다. 그리고 궁비영의 눈에 두려움이 없다는 것을 깨달았다. 이 젊은 청년은 정말 오죽노를 상대할 자신이 있는 것이다.

"뭐, 그와 도검을 맞대는 것이 아니라면 우리도 상관은 없소."

초지화가 말했다.

"사부님!"

구이향이 놀란 표정으로 초지화를 바라봤다. 그러자 초지화가 침착한 얼굴로 대답했다.

"언제까지 그를 피해 다닐 수는 없는 일이다. 그리고 사실 우리가 피해 다닌다 한들 그는 언제든 우릴 찾아낼 수 있지. 필요하면 반드시 우리를 부를 것이다. 넌 그 초대를 거부할 자신이 있느냐?"

초지화가 구이향에게 물었다. 구이향이 대답을 하지 못했다.

오죽노의 초대라면 정말 거절할 수 없다. 그것이 초대가 아니라 호출임을 누구보다 잘 알기 때문이다.

"하지만 상대는 오죽노예요."

구이향이 말했다.

"물론 알고 있다. 그런데 오늘 보니 이 사람에게 패를 걸어 봐도 나쁠 것 같지는 않다는 생각이 드는구나. 그런데… 이름이 뭐요?"

초지화가 뒤늦게 궁비영의 이름을 물었다.

"난… 궁비영이라 하오."

궁비영이 대답했다. 그러자 갑자기 그의 뒤쪽 어둠이 흔들리더니 동왕 귀보전이 나타나 궁비영에게 주의를 주었다.

"신분을 노출시키는 것은 위험한 일입니다."

"이들을 믿겠습니다."

궁비영이 대답했다. 그러자 귀보전과 초지화 등이 모두 놀란 표정을 지으며 궁비영을 바라봤다.

"지금 우리를 믿는다고 했나요?"

구이향이 물었다.

"그렇소."

"제대로 알지도 못하는 우리를 어떻게 믿는다는 거죠?"

구이향이 재차 물었다.

"두 분이 하늘이 준 기회를 놓칠 사람들이 아니라는 것을 알기 때문이오."

"어떤 기회를 말하는 것이죠?"

"오죽노를 두려워하면 할수록 그대들은 그로부터 자유로워지기를 원할 거요. 그리고 나는 그 기회를 만들어줄 수 있소. 그러니 어찌 이 기회를 놓치겠소."

"배신할 수 있다는 생각은 하지 않나요?"

구이향이 다시 물었다.

"그렇다면 다시금 오죽노의 수족이 되어 평생을 살아야 할 텐데 그걸 감수하겠소?"

궁비영이 되물었다. 그러자 초지화와 구이향이 한참 동안 말없이 궁비영을 바라보고 있다가 갑자기 한숨을 내쉬었다.

"당신은 참 무서운 사람이군요. 어느새 우리 마음을 읽었으니 말이에요. 맞아요. 평생 그의 노예로 살 생각은 없어요."

구이향이 대답했다.

"좋소, 그럼 자리를 좀 옮깁시다."

"알겠어요."

구이향이 대답했다.

"어쩌실 생각입니까?"

"그들을 문도로 들이는 것은 어떻습니까?"

궁비영의 말에 동왕 귀보전이 고개를 젓는다.

"전례가 없는 일입니다. 본래 본 문은 사람을 들이는 일에 무척 신중합니다."

"알고 있습니다. 오직 령주님과 사왕께서만 본 문에 사람을 들이실 수 있다는 것을. 그래서 말씀드리는 겁니다."

궁비영의 말에 귀보전이 고개를 저었다.

"제가 말하는 것은 누가 문도를 들이냐의 문제가 아닙니다. 그들은 유령문의 문도가 되기에는 나이가 많습니다."

"나이에 대한 제약도 있었나요?"

궁비영이 몰랐다는 듯 귀보전을 보며 물었다.

"보통의 경우는 스무 살 이전의 사람만 들입니다."

"그랬군요."

"유령문은 무척 조심스럽게 문파를 유지합니다. 세력을 키우는 것도 한도를 정해놓고 있지요. 한순간 세력을 키우는 것은 그리 어려운 일이 아닙니다. 그러나 그것이 독이 되어 결국 멸문에 이르는 것이 강호의 생리지요. 몇몇 명문대파를 제외하고는."

"그렇군요. 그럼 아무래도 그들을 문도로 들이는 것은 어렵겠군요."

궁비영이 아쉬운 표정으로 말했다.

"아마 그들도 원치 않을 겁니다."

"그럴까요?"

"오죽노를 벗어나기 위해 위험을 무릅쓴 사람들입니다. 다시 또 다른 어딘가에 구속되는 것을 달가워할 리 없지요."

귀보전의 말에 궁비영이 고개를 끄떡였다.

"듣고 보니 그렇군요. 제가 욕심을 부렸습니다."

"왜 저들에게 그토록 관심을 두시는지 솔직히 잘 모르겠군요."

귀보전이 말했다.

"그들을 움직일 수 있다면… 토귀도 움직일 수 있기 때문입니다."

"아!"

궁비영의 말에 귀보전이 나직하게 탄식을 흘렸다. 그제야 궁비영의 속마음을 알게 된 것이다. 궁비영이 말을 계속했다.

"토귀를 얻는다면 우린 오죽노의 가장 깊은 속내를 알 수 있을 겁니다. 그가 토귀를 신뢰하든 말든 상관없이 결국 토귀는 그가 만들 거의 모든 함정에 동원될 테니까요."

"계명흑성님의 말씀이 옳습니다. 그들을 얻는 것은 정말 중요하군요."

"그들을 얻은 후 유령사들로 하여금 토귀의 흔적을 찾게 할 생각입니다. 토귀만 찾는다면 그를 우리 쪽으로 끌어들이는 일은 저들 두 사람이 하겠지요."

궁비영이 멀찍이 떨어진 바위 위에 앉아 무엇인가를 소곤거리고 있는 초지화와 구이향을 보며 말했다.

"그렇다면 문도로 들이는 것도 나쁜 것은 아니지요. 그게 가장 확실한 방법이긴 한데, 문제는 말씀드렸다시피 저들이 과연 유령문의 일원이 되려 하겠느냐는 것입니다."

"맞아요. 아마 거절할 겁니다. 그럴 바에는 아예 이야기를 꺼내지 않는 것이 좋겠지요."

"하면……?"

"그들에게 저와 제 아버지 이야기를 해야겠습니다."

그러자 귀보전이 걱정스런 표정으로 말했다.

"너무 많은 것을 알려주는 것 아닐까요?"

"천수가 그녀의 사부를 살리기 위해 무량보를 취하는 것도, 또 목불 어른의 도움을 얻기 위해 무량보를 포기하는 것도 보았습니다. 그녀는 인정이 많은 사람이지요."

"인정에 호소하시겠다는 말이군요."

"호소도 필요 없지요. 그저 내가 겪은 일을 말해주면 자연히 우리 사람이 될 겁니다. 그녀들 역시 오죽노를 싫어하니까요. 유령문의 객이랄까."

"알겠습니다. 이 일은 뜻대로 하십시오."

귀보전이 고개를 끄떡이며 말했다. 그러자 궁비영이 자리를 털고 일어나 세상에서 가장 뛰어난 도둑들에게로 걸어갔다.

"좀 쉬셨소?"

궁비영이 두 사람에게 물었다. 그러자 초지화와 구이향이 자리에서 일어났다.

"어디로 가는 거죠?"

구이향이 물었다.

"마을을 찾으면 객잔에라도 들어갑시다."

궁비영이 대답했다. 그러자 초지화가 말했다.

"그럴 필요가 있겠소? 도둑들에겐 천지가 집이오. 그러니 이곳에서 노숙을 합시다."

"그래도 되겠소?"

궁비영이 물었다.

"우리에게 가장 익숙한 일이지요."

구이향이 대답했다. 그러자 궁비영이 고개를 끄떡였다.

"나쁠 것은 없소. 어차피 이야기도 기니 밤을 새워도 좋을 거요. 그럼 불부터 피웁시다."

산기슭에 불을 피우고 네 사람은 그날 밤을 함께 새웠다.

다만 동광 귀보전은 가까이 있지 않고 멀찍 떨어진 곳에서 불빛이 만들어내는 밤 그림자에 몸을 감추고 세 사람을 묵묵히 지켜보고 있었다.

그의 눈에는 궁비영에 대한 모호한 기대감과 경계심이 담겨 있었다. 이유는 하나, 궁비영의 행동이 그가 알고 있는 보통 사람들과는 너무나 다르기 때문이었다.

그래서 그의 그 의외성에 기대가 가면서도 또한 한편으로는 그 모호함이 두렵기도 한 귀보전이었다. 아마도 여전히 그에게 궁비영은 유령문의 사람이 아닌 듯 보였다.

타닥타닥!

타다 남은 나뭇가지가 마지막 몸부림을 쳤다. 구이향이 긴 막대기를 들어 나뭇가지를 모닥불 중심으로 밀어 넣었다. 그러자 다시 불길이 일었다.

궁비영의 이야기는 이미 오래전에 끝났다. 궁비영의 이야기가 끝나자 이상하게도 서로 묻고 대답할 일도 그리 많지 않았다. 오직 결정할 일만 남았는데 무슨 일이든 결정을 하는 데는 시간이 필요했다.

"유령문에 오죽노를 상대할 힘이 있다고 믿소?"

오랜 침묵을 깨고 초지화가 궁비영에게 물었다.

"아마도."

궁비영이 짧게 대답했다.

"유령문에서 그대의 위치는 어느 정도요? 아니, 그대는 유령문의 문도가 되었소?"

다시 초지화가 물었다. 궁비영은 자신과 아버지 궁도요에게 일어난 모든 일을 이야기하면서도 그가 계명흑성이란 사실은 말하지 않았다. 그것이야말로 이들 두 스승과 제자가 온전히 자신의 사람이 되었을 때 해줄 수 있는 이야기이기 때문이다.

"지금은 그렇소."

"무슨 뜻이오?"

초지화가 궁비영의 대답을 알아듣지 못하고 다시 물었다.

"언젠가는 유령문을 떠날 수도 있다는 말이오."

"그들이… 그걸 허락했소?"

"그 약속이 있었기에 유령문의 문도가 된 것이오."

"음, 그럼 다시 묻겠소. 유령문에서 그대의 지위는 어느 정도요?"

그러자 궁비영이 잠시 생각에 잠겼다가 멀리 어둠 속에 떨어져 있는 동왕 귀보전을 보며 말했다.

"저분은 유령문에서 령주와 거의 비슷한 권위를 지닌 분이오. 그리고 난 그와 유령문의 행보에 대해 논의할 수 있소."

"그들과 동등한 위치라는 것이오?"

초지화가 놀란 표정으로 되물었다.

"거의 그렇소."

"이해할 수 없는 일이구려. 아무리 그들과 그대의 부친이 친분이 있었다고 해도 외부에서 갓 들어온 사람에게 그런 대우를 한다는 것은……."

"내게 원하는 바가 있기에 유령문도 그런 결정을 한 것이오."

"그게 무엇이오?"

초지화가 급히 물었다.

"오죽노를 상대하는 것이오."

"그대 혼자서 말이오?"

"물론 유령문 전체가 날 도울 것이오."

"선봉이란 말이구려."

"뭐… 그렇다고 할 수 있소."

"왜 그대에게 그런 중책을 맡긴 거요? 물론 그대의 무공이 대단하다는 것은 알겠지만 그래도…….."

차마 애송이란 말은 할 수 없는 모양이다. 그러나 초지화가 말하지 않아도 궁비영 역시 그녀의 생각을 모르지 않았다.

"그야 유령문의 수뇌들만이 아는 일 아니겠소? 아무튼 난 유령문과 함께 오죽노를 상대할 것이오. 그리고 당신들이 날 도와줬으면 좋겠소."

"음……."

초지화가 나직한 침음성을 흘린다. 솔직히 말하자면 이미 마음속에 결심은 굳힌 상태였다. 그렇지 않다면 궁비영을 따라와 밤을 새워 그의 이야기를 듣고 있지도 않았을 것이다.

"승산은 얼마나 있나요?"

구이향이 물었다.

"강호의 일에 어찌 승산을 따질 수 있겠소. 아마 우리가 예상하지 못한 많은 변수가 생길 것이오. 그러나 한 가지는 확실하오."

"뭐죠?"

"그와 내가 홀로 마주한다면 그는 결코 내 검을 피할 수 없소."

"그리 자신할 바가 아니오. 오죽노는 뛰어난 지모로써 세상에 알려졌지만 사실 그의 무공은 생각보다 더 무서울 수도 있소."

초지화가 경고했다.

"그 역시 예상하고 있소."

궁비영이 대답했다.

"그럼에도 그를 벨 자신이 있다는 건가요?"

다시 구이향이 물었다.

"그렇소."

"모르겠군요. 어디서 그런 자신감이 나오는지."

"믿고 안 믿고는 그대들 마음이오. 문제는 그의 주위로 모여 들고 있는 자들이오. 듣자 하니 사천에서 실패한 이후 구천맹을 잠시 물러나 있던 그가 오히려 그전보다 더욱 강력한 권력을 잡았다고 하더구려. 아마도 그는 시간이 지날수록 점점 사람의 장막에 가려질 것이오. 그때가 되면 그를 홀로 만나게 되는 일은 거의 불가능해질 것이오."

궁비영의 말에 초지화가 말했다.

"어떻게 그를 끌어낼 생각이오?"

"계획은 있소. 그러나 지금은 말해줄 수 없소."

"우릴 믿지 못하면서 어떻게 우리에게 함께하자고 할 수 있는 것이죠?"

구이향이 차갑게 물었다.

"믿음의 문제가 아니오. 일이란 게 사람의 입에 오르내릴수록 위험해지게 마련 아니겠소?"

"그럼 우리에게 바라는 일은 뭐요?"

이번에는 초지화가 물었다.

"토귀를 만나주시오."

"토귀라……. 쉽지 않은 일이오. 우리도 지금 백방으로 그와 만나려 하고 있지만 오죽노를 만나러 간 이후에는 그에 대한 소문조차도 듣지 못했소. 어쩌면 죽었을 수도 있소. 자신이 만든 흑성조차 베는 자라면 토귀라고 베지 못할 이유가 없소."

오죽노를 두고 하는 말이다.

"그는 반드시 살아 있을 거요. 오죽노에게는 꼭 필요한 사람이니 말이오. 더군다나 흑성이나 유령문처럼 그에게 위협이 되지도 않는 사람이니 죽일 이유가 없소."

"그렇다고 한들 그를 찾을 방도가 마땅치 않구려."

"유령사들이 은밀히 그의 행방을 추적할 것이오. 그의 거처를 알게 되면 그때 그대들이 토귀를 설득해 주시오."

"…이제 보니 그대는 오죽노의 발밑에 함정을 파려는 것이구려."

"그렇소."

궁비영이 고개를 끄떡였다.

"위험한 일이구려. 진정으로."

"천하에서 오직 그대들만이 할 수 있는 일일 거요. 토귀를 만나러 가는 것도, 그를 설득하는 것도 말이오. 하시겠소?"

궁비영이 묻자 천지화가 한참 동안 생각에 잠겨 있다가 불쑥 입을 열었다.

"유령문을 믿소?"

궁비영은 초지화가 묻는 이유를 금세 알아차렸다.

"나 역시 온전히 그들을 믿지는 않소. 그러나 그대들은 난 믿어도 좋소. 적어도 내가 죽지 않는 한은."

궁비영의 솔직한 대답에 초지화가 고개를 끄떡였다.

"좋소, 그렇다면 그대의 손을 잡겠소. 오래전부터 한 번쯤은 오죽노를 상대해 보고 싶기도 했고……."

"아마 분명히 그의 끝을 보시게 될 거요."

궁비영이 작지만 단호한 목소리로 말했다.

제8장
옛 주인

　절벽 곳곳에서 차가운 물이 떨어져 내린다. 그 물기를 머금고 사는 이끼가 절벽을 가득 메워 마치 초록색 비단을 덮어놓은 듯하다. 강호의 사람들이 옥루협(鈺淚峽)이라고 부르는 계곡이다.

　이끼 안쪽 절벽의 깊은 곳에는 옥이 다량으로 매장되어 있다는 소문이 돌고 있지만 누구도 그 옥을 실제로 확인한 사람은 없었다. 협곡이 워낙 험해서 채굴이 불가능하기 때문이다.

　옥이 있는지 없는지는 모르지만 어쨌든 기이하게도 절벽에서 흘러나오는 물이 있었다. 옥처럼 깨끗하고 한데 모아놓으면 청자 빛을 내는 이 물을 사람들은 옥루라고 불렀다.

　그리하여 이 협곡이 옥루협이라 불렸는데, 명사들 사이에서 이름 높은 장소임에도 불구하고 이곳을 찾는 이는 그리 많지 않았다. 역시 협곡의 험준한 때문이었다.

협곡 입구와 출구 쪽은 거의 깎아지르는 절벽과 비슷했고, 그나마도 근처에 황하의 지류가 거칠게 휘감아 돌아 나가 일단은 그 강을 건너는 것부터가 쉬운 일이 아니었다.

아름다운 풍경을 스스로 보호하고 있는 옥루협은 사람의 발길이 닿지 않아 더욱 깊은 신비로움을 간직하고 있었다.

그 옥루협에 일단의 사람이 나타났다. 해가 옥루협의 남쪽으로 이동해 협곡을 환하게 비출 때였다.

"정말 근사한 곳이지?"

문득 가장 앞서 협곡으로 들어선 사자상의 노인이 말했다. 북산 제룡가의 가주 척담산이다.

"그렇습니다. 구룡대산을 오갈 때 길이 바쁘면 이곳을 통과했는데 그때마다 즐거움을 주는 곳이지요."

척담산을 가장 가까이서 호위하는 수풍당주 한광이 대답했다. 그러자 척담산이 고개를 끄떡이며 말했다.

"맞아. 언제나 힘을 주는 곳이지. 언젠가는 이 협곡을 내 것으로 만들고 싶어. 저 절벽 위에 장원을 짓고 이 협곡을 정원으로 쓰는 것이지. 생각만 해도 멋진 일 아닌가?"

"일이 계획대로 된다면 가능한 일이지요."

"음, 오죽노가 거든다면 불가능한 일은 아니지."

"그를 믿을 수 있을까요?"

한광이 조심스럽게 물었다. 그러자 척담산이 실소를 흘렸다.

"이런 순진한 사람을 봤나. 사람을 어떻게 믿어?"

"하면……?"

"서로 이득을 찾는 거지. 그는 내가 필요해. 그의 야심을 누가 모를까. 그는 구천맹을 자신의 의지대로 움직이고 싶어 하지. 그러나 구천맹은 누가 뭐래도 구파의 것이네. 구파의 수장이 아니라면 누구도 맹주가 될 수 없다는 말이네. 그러니까 그는 반드시 자신을 대신할 사람이 필요하단 말일세."

"그렇기는 하지요. 하지만 그 정도로 만족할까요?"

"물론 다른 계획이 있을 수도 있네. 그러나 나 역시 호락호락 당하고만 있지는 않아. 맹주가 되어 마천을 멸살한 이후에는 나도 그가 필요 없지 않겠는가?"

"그렇기는 하지만 위험한 계책입니다. 그가 선공을 할 수도 있으니까요."

한광이 근심스런 표정으로 말했다. 누가 뭐래도 오죽노는 당금 천하에서 가장 뛰어난 책사다. 그런 자가 순순히 척담산의 계책에 걸려들 리 없었다.

"사람이란 말일세, 언제나 위험을 감수해야 큰 이득을 얻는 법이라네. 그 하나를 두려워해 맹주가 되지 말란 말인가?"

"그럴 수야 없지요."

한광이 고개를 저었다.

"후후후, 나중 일은 나중에 생각하세. 일단 이놈들 버릇을 먼저 고쳐 놓고 나서 말이야."

"어느 분을 후계로 정하실 생각이십니까?"

한광이 조심스레 물었다.

"수풍당주가 보기에는 어떠한가?"

"글쎄요. 제 눈에야 모두 뛰어난 공자님들이시지요."

"그러지 말고 솔직히 말해보게. 자네의 말은 세상에 알려지지 않을 것이니."

척담산이 은근한 목소리로 한광을 구슬렸다. 그러자 한광이 잠시 망설이는 듯하다 입을 열었다.

"세 공자님 모두 뛰어나긴 하지만 그 특징은 확연하지요. 대공자님은 좀 도도하긴 하지만 그래도 사람을 모으는 융통성이 있고, 둘째 공자님은 무공에서 탁월하시고, 셋째 공자님은…무서운 분이지요."

"셋째가 무섭다고?"

"그렇습니다."

"어떤 면에서?"

"기분이 상하지 않으신다면……."

한광이 말꼬리를 흐렸다.

"말해보시게."

"셋째 공자님을 보고 있으면 마치 오죽노가 젊을 때 그러했을 것 같다는 생각이 듭니다."

"음……!"

한광의 말에 척담산이 나직하게 침음성을 흘렸다. 그러자 한광이 조심스런 표정으로 물었다.

"기분이 상하셨습니까?"

"아닐세. 나 역시 벽이 지모가 출중하고 일을 처결하는 데 과감한 면이 있다는 것을 알고 있네. 독하기도 하고. 은밀하게 모아온 수만금의 금자가 있다는 것도 알고 있지. 물론 그 금자의 쓰임새도 말이야."

"알고 계셨군요."

"모를 리가 있나. 북산에서 일어나는 일인데."

"마음에 들지 않으십니까?"

"그렇지는 않네. 그런 놈 한 명 있는 것도 나쁜 일은 아니지. 그러나 그 재주가 제룡가에 득이 될지 실이 될지 가늠키가 어렵네."

"문제가 될 수도 있겠지요."

한광이 대답했다. 그러자 척담산이 고개를 끄떡였다.

"그렇겠지. 만약 제 형 중에 후계자가 나온다면 필시 반역을 꿈꿀 아이네. 대신 그 자신이 후계자가 된다면 문파는 번성하 겠지만 형제들에게는 무척 가혹할 것이네."

"첫째 공자님의 성품으로도 포용치 못할까요?"

"글쎄… 기대를 해볼까?"

척담산이 한광에게 물었다.

"제가 어찌 감히 대답을……."

한광이 한발 뒤로 빠진다.

"음, 솔직히 말해 나로서는 둘째를 후계자로 두고 싶네."

"역시 그러시군요."

"강호에서 무공은 인품이나 지모 이상의 힘을 가지고 있네.

강력한 무공 앞에는 가끔 세력이나 계책도 무용지물이 되지. 그런데 아쉬운 것은 청의 무공이 대단하기는 하나 압도적이지는 못하다는 것이야."

척담산이 아쉬운 표정을 짓는다.

"시간을 조금 더 드리면……."

"나도 그랬으면 하네. 사실 그래서 지금까지 후계자를 정하지 않고 있었던 거지. 그런데 이놈들이 분란을 일으킬 줄 누가 알았겠는가?"

"하긴 이젠 어쩔 수 없이 결정을 해야 할 때지요."

"그래서 지금으로써는 역시 첫째로 정해야 할 것 같네. 그게 가장 무난하지. 장자로서의 명분도 있고."

"하면 셋째 공자님은 어찌하실 요량이신지요. 위험한 일을 벌일 수도 있을 텐데요."

"그 싹을 잘라놔야겠지."

척담산의 말에 한광이 놀란 표정을 짓는다.

"그 말씀은……?"

"마침 핑계도 좋아. 제 놈들끼리 싸움질을 벌였으니 죄를 묻는 것은 어렵지 않을 걸세."

"아……."

한광이 안타까운 표정을 짓는다. 아비로서 아들을 벌주는 일은 누구나 할 수 있는 일이지만 제룡가의 삼공자인 척벽에게 내려질 벌은 참혹할 것이기 때문이다.

분란을 미연에 방지하기 위한 벌이라면 무공을 폐할 수도 있다. 심하면 목숨을 거둘 수도 있는 일이다.

"어떤 벌을 내리실 생각이십니까?"

"음, 그건 지금부터 생각해 보세. 날개를 꺾어놓으려면 어찌해야 할지. 좋은 방도가 없다면 역시……."

"무공을 폐하시럽니까?"

"그도 나쁘지 않지."

"삼공자께는 절망일 겁니다."

"어쩌겠나? 자기 팔자인걸. 목숨을 구하려면 숙명 같은 것이야. 애초에 그 아이에게 야심이 없었다면 모를까."

척담산의 말에 한광은 소름이 돋았다. 참으로 매정한 주군이다. 자식의 무공을 폐하는 것을 두고도 한 치의 망설임이 없다.

"재능이 아깝기도 합니다."

한광이 애써 삼공자 척벽의 구원을 말해본다. 그러자 척담산이 말했다.

"그 재주는 계속 쓰일 수 있을 걸세. 무공이 사라진다고 그 머리까지 사라지는 것이 아니니까. 난 단지 녀석의 역심을 걱정하는 것뿐일세. 무공이 없는 이상은 역심을 품을 수 없지. 힘없는 자의 두뇌는 결국 힘 있는 자의 도구일 뿐이네. 오죽노처럼 말일세."

척담산의 얼굴에 희미한 미소가 흐른다.

"그의 무공이 무서울 거란 소문이 있습니다."

화제가 갑자기 오죽노에게로 향했다.

"물론 얼마간의 무공은 감추고 있겠지. 그러나 그러한들 감히 구파의 수장들에 비하겠는가?"

"그렇기는 하지요."

한광이 동의했다.

"아무튼 쓸모 있는 자들은 항상 다른 생각을 품어서 스스로를 몰락시킨단 말이야. 그 궁씨 부자처럼."

"그 일도… 사실은 아쉬운 면이 있습니다."

한광이 말했다. 그러자 척담산이 한광을 돌아보며 물었다.

"그들을 살려두었어야 한단 말인가?"

"북산의 외가 중 그 두 사람에 비견되는 재주를 지닌 자는 찾을 수 없습니다."

"그건 나도 인정하지."

"곁에 두고 쓰셨으면 큰힘이 되었을 겁니다."

"물론 그렇겠지. 그러나 그들은 곁에 두기 어려운 자들이었네. 언제나 북산을 떠나고 싶어 했지. 하물며 혈맹록에 그 요구를 쓴 것만 봐도 알 수 있지 않은가?"

"하지만 붙들어둘 방법이 노상 없는 것도 아니었지요."

다른 때와 달리 한광이 자신의 의견을 굽히지 않는다.

"음, 자네는 역시 오죽노 때문이라고 생각하는군."

"그렇습니다."

"하긴 그가 궁도요의 죽음을 원치 않았다면 군이 죽일 필요는 없었겠지."

척담산이 고개를 끄덕인다.

"지금도 알 수 없습니다. 그가 왜 궁 가주의 죽음을 원했을까요? 정말 그가 위험하다고 생각했을까요?"

"나도 내내 그것이 궁금했다네. 흑성들의 힘이 커지는 것은 경계할 일이지만 그렇다고 몰살시킬 이유가 되지는 못하지. 아마 우리가 모르는 다른 이유가 있을 걸세."

척담산이 말했다.

"정말 그와 유령문 사이에 무슨 일이 있었던 건 아닐까요?"

"그럴지도 모르지. 하지만 아무튼 나에게는 그리 손해나는 패는 아니었네. 사실 궁도요가 흑성의 일을 끝내고 북산을 떠나겠다고 했으면 딱히 막을 방도가 없었지. 그리되면 그 하나의 문제가 아니야. 외가들이 다른 생각을 할 수 있으니까. 더군다나 그를 내어주고 오죽노와의 거래를 텄으니… 궁씨 부자는 참으로 내게 많을 도움을 준 사람들이야."

"결과적으로는 그렇지요."

한광이 대답했다.

"돌아가거든 궁씨의 장원에 사당이라도 지어줘야겠어. 젯밥은 먹게 해줘야 할 것 아닌가?"

"알겠습니다."

두 사람이 이런저런 이야기를 나누는 사이 제룡가 일행은 옥루협 중간쯤에 이르렀다. 그러자 풍광이 더욱 아름다워졌다. 마치 천상의 계곡에 와 있는 듯한 느낌이다. 척담산이 걸음을 멈췄다.

"좋군."

"언제 봐도 신비로운 곳입니다."

한광이 대답했다.

"음, 아직 해가 있기는 하지만 오늘은 이곳에서 쉬어가세."

"그러시겠습니까?"

"아무리 길이 급해도 어찌 이런 곳을 그냥 지나치겠는가?"

"젊으실 때의 호방함을 버리지 못하셨군요, 가주."

한광이 감히 제룡가주에게 농을 했다. 그러나 척담산은 화를 내는 대신 호탕한 웃음으로 그의 말을 받았다.

"하하하, 내 어찌 이 즐거움을 잊겠는가? 그래서는 사내대장부가 아니지."

"준비하겠습니다."

한광이 고개를 숙여 보이고는 뒤따르고 있는 제룡가의 고수들에게 명을 내렸다.

"오늘은 이곳에서 쉬어간다!"

하룻밤 자고 가기 위해 준비한 천막에서조차 제룡가의 위엄이 느껴진다. 금색 띠를 두른 천막에는 검은 실로 정교하게 수놓아진 사자 문양이 하늘을 향해 포효하는 모습으로 새겨져 있다.

천막 안에 밝힌 불로 인해 사자의 기세가 더욱 사나워 보인다. 강호에서 북산 제룡가는 패도의 문파로 받아들여지는데 그 성정이 고스란히 드러나 보이는 천막이다.

궁비영은 옥루협의 절벽 중간 부근에서 제룡가의 숙영지를 바라보고 있었다. 그의 뒤에는 언제나처럼 동왕 귀보전이 비스듬히 절벽에 등을 기댄 채 서 있었다.

그런데 동왕 귀보전의 얼굴에 불만이 드리워져 있다. 아마도 궁비영의 행동에서 뭔가 마음에 들지 않는 것이 있는 모양이다.

"정말 이곳에서 실행하시렵니까?"

귀보전이 물었다.

"그럴 생각입니다."

궁비영이 대답했다.

"이해할 수 없군요. 이곳은 기습하기에 좋은 곳이 아닙니다. 물론 우리의 세가 강하다면 협곡 앞뒤로 매복을 놓아 적을 일망타진할 수 있는 곳이지만 우린 지금 겨우 십여 명에 지나지 않습니다. 이런 경우 오히려 퇴로가 막혀 몰살당할 수도 있습니다."

"나만 갑니다."

궁비영이 냉정하게 대답했다.

"예?"

"다른 사람들은 계곡 위쪽에서 기다리십시오."

"위험한 일입니다. 어찌 제룡가의 가주를 혼자 상대한단 말입니다. 순식간에 제룡가 고수들에게 포위당할 것입니다. 그때는 우리도 구원을 할 수 없습니다."

"가장 좋은 퇴로가 있지요."

"……?"

귀보전이 침묵으로 그 답을 물었다. 그러자 궁비영이 손을 들어 절벽의 위와 아래를 가리켰다.

"이 절벽이 가장 완벽한 퇴로가 될 겁니다."

그러자 귀보전이 궁비영의 손짓을 따라 절벽 위아래를 번갈아 바라보더니 이내 탄성을 흘렸다.

"아, 그렇군요. 계명흑성님의 유령보라면… 능히 절벽을 평지처럼 달리시겠군요."

그제야 귀보전은 궁비영의 속내를 알아차렸다. 궁비영은 수십 장에 이르는 협곡의 험준함을 오히려 퇴로로 이용하려는 것이었다.

보통의 무인이라면 꿈도 꿀 수 없는 일이지만 유령문의 계명흑성이라면 능히 이 비단결 같은 이끼의 절벽을 올라챌 수 있었다.

"몇 통의 기름과 화살을 준비해 주세요."

"화살을 말입니까?"

"작지만 마곡산의 빚을 갚아주지요."

"그럼 화공을……?"

귀보전의 말에 궁비영이 고개를 끄떡였다.

"심한 것이 아닐지……. 그래도 제룡가는 계명흑성께서 몸담았던 곳인데……."

귀보전은 척담산을 제거하는 일 말고 다른 자들을 화공으로 공격하려는 궁비영의 심사가 지나치다 생각한 모양이었다. 그러자 궁비영이 덤덤히 대답했다.

"화공을 한다고 그들이 죽겠습니까? 숙영지라야 겨우 수십 장에 불과한데……."

"그, 그렇군요."

"그저 함께 온 유령사들에게 작은 분풀이라도 하라는 것이지요. 물론 저들에게는 화공 자체가 주는 충격이 클 것이고 말입니다. 아마도 척담산의 죽음에 숙영지가 불탔다는 소문이 더해지면 구천맹도들의 공포심은 두 배로 강해질 겁니다."

"알겠습니다. 준비하겠습니다. 언제 실행하시려는지……?"

"저들이 모두 잠들면 그때 가겠습니다."

"그럼 대략 두 시진의 시간이 있겠군요. 기름을 준비하겠습니다."

귀보전이 대답을 한 후 서둘러 절벽에 난 잡목들을 잡아채며 위로 솟구쳐 올랐다.

밤이 깊어지자 옥루협은 점점 더 신비한 빛을 띠기 시작했다. 반달이 흘려내는 달빛과 이끼 틈새에서 흘러나오는 옥루의 빛, 그 두 개의 빛이 만나자 옥루협은 마치 천상의 정원처럼 아름답게 변했다.

"역시 허황된 자야. 풍류를 즐긴다지만 이런 휘황한 빛 속에서 어떻게 잠을 이룰까. 설혹 잠을 잔다고 해도 선잠에 지나지 않을 터, 수하들의 피곤을 풀 수 없을 텐데."

궁비영이 혀를 찼다. 옥루협의 풍광은 아름답지만 그 안에서 노숙을 하기로 한 척담산의 결정은 수하들에게는 고문과 같은 일일 것이다.

옥루협의 신비로운 빛이 깊은 잠을 방해할 것이기 때문이다. 무인에게 잠은 중요하다. 하룻밤의 숙면이 무인의 원기를 완벽하게 회복시키기 때문이다.

"물론 그 자신은 깊이 잘 수 있겠지. 그의 천막은 밖의 빛을 막아낼 테니까."

궁비영이 다시 중얼거렸다. 그때 그의 뒤로 사람 그림자가 어른거리는가 싶더니 이내 동왕 귀보전이 나타났다.

"준비되었습니다."

"생각보다 빨리 되었군요."

"유령사들의 움직임은 생각보다 빠르지요."

"좋습니다. 그럼 저도 움직여 보지요."

"조심하십시오."

"이 정도 일에 문제가 생긴다면 계명흑성이라 할 수 없지요."

"하지만 상대는 제룡가의 가주입니다."

귀보전의 말에 궁비영이 고개를 끄떡이며 말했다.

"그래서 조금 시간이 걸릴 수도 있습니다."

"……?"

"그가 허락한다면 그와 이야기를 나눠보고 싶거든요."

"위험한 일입니다. 그를 보는 순간 살수를 쓰십시오."

귀보전이 단호하게 말했다. 그러자 궁비영이 고개를 저었다.

"그가 소란스럽게 한다면 그러겠지만 나와 대화를 나눌 용기가 그에게 있다면 그의 말을 들을 겁니다. 그리고 그편이 오히려 그를 좀 더 조용히 보내줄 수 있는 방법이기도 하고 말입니다."

"……?"

다시 귀보전은 궁비영이 한 말을 이해하지 못했다. 그러자 궁비영이 말했다.

"한때 주인이던 자를 보내는 일인데 손에 피를 묻히는 것은 조금 꺼림칙하군요."

"하면 독(毒)을……?"

"상황을 보아가면서 선택하지요."

궁비영이 말이 끝나자마자 그대로 아래로 몸을 날렸다. 귀보전이 급히 시선을 절벽 아래로 향했을 때는 이미 옥루협의 바닥에 내려서 있었다.

"그는 우리의 예상을 넘어선 것이 아닐까? 령주께서도 그의 신법이 이러하리라고는 생각지 못하실 것이다. 계명흑성! 전설이 전설인 이유가 이런 것이었나?"

귀보전의 얼굴에 놀람과 함께 두려움이 드리워졌다.

부드러운 호랑이 털이 기분 좋게 목덜미를 간질인다. 사천에서 난다는 귀한 술이 술잔에 가득하다. 그 향기만으로도 취기가 돈다. 장어를 구워낸 술안주 역시 별미다.

"으흠!"

척담산이 황제라도 된 듯 태사의에 깊숙이 몸을 기댔다. 노숙이라고는 하나 북산 제룡가의 장원에 있는 것과 다를 바 없는 그다.

은은하게 옥루협의 빛이 천막 안으로 들어온다. 다른 천막들에 비해 두껍기는 해도 빛을 아주 막을 수는 없는 모양이었다.

그러나 그렇게 흘러든 빛이 잠을 방해할 정도는 아니었다. 오히려 그는 신비로운 빛 속에서 더 깊은 숙면을 취할 수 있을 터였다. 더군다나 술도 있지 않은가.

척담산이 손을 뻗어 술잔을 들었다. 그러고는 주향을 한번 음미하고 술잔을 비웠다.

"좋군."

척담산이 고개를 끄떡이고는 구운 장어 한 점을 입에 넣고 오물거렸다. 그리고 살며시 눈을 감았다. 모든 것이 만족스러웠다. 가문의 후계자를 정하는 일이 시끄럽기는 해도 아주 나쁜 것은 아니었다.

권력을 위해 쟁투를 하는 본성은 무가의 자손들에겐 오히려 꼭 필요한 것이 아닌가. 그런 면에서 본다면 세 형제의 분쟁은 나쁠 것이 없었다.

구천맹의 일도 그의 뜻대로 흘러가고 있었다. 오죽노를 움직일 수만 있다면, 그가 계획한 목양의 싸움이 뜻대로만 흘러간다면 그는 곧 맹주의 자리에 오르게 될 것이다.

"구천맹주라······."

척담산이 눈을 감은 채 나직하게 중얼거렸다. 생각만 해도 흐뭇한 일이다.

마천은 결국 몰락하고 말 것이다. 구천맹이 힘을 하나로 모은다면 마천은 도저히 구천맹을 상대할 수 없을 거란 것이 그의 판단이었다.

오죽노가 걱정하는 유령문 역시 그의 안중에는 없었다. 겨우 어둠에 몸을 숨기고 살아가는 좌도방문의 문파는 귀찮기는 해도 그가 천하를 얻는 데 방해가 되지 않을 것이다.

그러니 이제 때를 기다려 과실이 입에 떨어질 때만 기다리면 되었다.

"참으로 좋은 때가 아닌가!"

난세는 영웅을 만든다. 영웅은 천하를 얻고 세상의 부귀를 누리게 된다. 지금은 난세고 척담산은 스스로를 영웅이라 생각하고 있었다.

다시 술이 그리워졌다. 척담산이 눈을 떠 술병을 찾았다. 그런데 기이한 일이 벌어졌다. 분명 상 위에 있던 술병이 자취를 감춘 것이다.

"음……!"

그리고 다음 순간 척담산의 입에서 나직한 신음성이 흘러나왔다. 술상 위에 사라진 술병 대신 한 사람의 그림자가 드리워져 있는 것이다. 그리고 그 그림자 손에 술병이 들려 있다.

"웬 자냐?"

어느새 그의 손은 허리춤의 검에 닿아 있었다. 비록 태사의에 앉아 있었지만 언제라도 벼락같은 발검을 할 수 있는 척담산이다.

"잔이 비었는데 한 잔 따라 올리지요."

그의 앞에서 그림자의 주인이 말했다. 그러고는 불쑥 척담산 앞으로 허리를 숙여 술잔에 술을 따랐다.

쪼르륵!

청량한 술 따르는 소리가 기이하게도 섬뜩하게 들린다. 불청객은 술을 따르고 나서 천천히 신형을 세웠다. 그러자 불빛 아래 그의 얼굴이 드러났다.

"누구냐?"

척담산이 다시 물었다.

"절 모르시겠습니까? 실망이군요."

불청객이 대답했다. 그러자 척담산이 눈을 가늘게 뜨고 불청객을 살폈다. 그러던 한순간 그의 얼굴에 놀란 기색이 떠올랐다. 그러나 한편으로는 안도의 표정도 섞여 있다.

"너로구나, 비영!"

척담산이 마치 방금 전까지 부리던 수하를 대하듯 말했다.

'역시 제룡가의 수장인가?'

자신을 보고도 당황하지 않은 척담산을 보며 궁비영은 내심 감탄했다. 이런 정도의 배포를 지닌 자가 아니라면 어찌 제룡가의 주인이겠는가 싶기도 했다.

"이제 알아보셨습니까?"

궁비영이 물었다.

"음, 동정호에서 일을 당했다더니 무사했구나."

"운이 좋았지요."

"음."

척담산이 고개를 끄떡이면서 술잔을 들었다. 그러고는 술을 마시려다 말고 궁비영에게 말했다.

"너도 한 잔 하거라. 살아온 기념으로."

노련한 자다. 궁비영이 술에 손을 썼을 것을 의심한 것이다. 비록 짧은 순간이었지만 자신이 눈을 감고 있었다는 것을 기억해 낸 척담산이다.

궁비영의 입가에 한줄기 미소가 드리워졌다. 의심하는 자를 속이는 것은 더욱 쉽다.

"고맙습니다. 살아오니 좋군요. 가주님의 술도 받고."

궁비영이 술병을 들어 벌컥벌컥 술을 들이켰다. 그 모습을 지켜본 척담산은 안심이 되었는지 술잔을 비웠다.

"그래, 그동안 어찌 지냈느냐?"

술잔을 비운 척담산이 물었다. 여전히 한 손은 검에 닿아 있다. 조금이라도 이상한 낌새를 보이면 바로 궁비영의 목을 칠 기세다.

"동정호에서 그 험한 꼴을 당하고 우연히 은인들의 눈에 띄어 그들의 보살핌을 받았지요. 덕분에 무공도 회복하고 말입니다."

"그래? 다행이구나. 그런데 조금 서운하기도 하구나. 살아 있으면 제룡가로 돌아오면 되지 집을 놔두고 왜 다른 사람들의 신세를 지누?"

척담산이 능청을 떤다.

"후후후, 죽을 자리로 돌아올 수는 없는 일이지요."

궁비영이 대답했다. 그러자 척담산이 귀찮다는 듯 고개를 저으며 말했다.

"좋아, 좋아. 말장난은 해서 뭐할까? 이미 내가 널 버린 것을 알고 있을 텐데. 다시 말하마. 살아 있다면 조용히 숨어 살 것이지 왜 내 눈앞에 나타났느냐? 일단 내 눈앞에 나타난 이상 살아 돌아갈 수 없다는 것은 네가 더 잘 알 텐데."

척담산이 처음부터 묻고 싶은 말이었을 것이다. 그러자 궁비영이 대답했다.

"몇 가지 듣고 싶은 말이 있어서 말입니다."

"그래? 죽음과 바꿀 만큼 궁금했더냐?"

"뭐… 경우에 따라서는."

"좋아, 뭘 알고 싶은 것이냐?"

"왜 우리 부자를 배신한 겁니까?"

"음, 네 아비의 일도 알고 있었느냐?"

"……."

"좋아, 상관없는 일이지. 너희 두 부자를 배신한 것은 너희들이 날 떠나려 했기 때문이지. 혈맹록에 감히 제룡가를 벗어나 독립을 하겠다는 뜻을 밝혔으니 어찌 살려두랴. 아무리 단단한 둑도 작은 구멍으로 인해 무너지는 법. 제룡가의 품을 떠나려는 외가를 그대로 놓아둘 수는 없었다."

"좋습니다. 그건 이해하지요. 그런데 왜 저까지 흑성으로 만든 겁니까?"

궁비영이 다시 물었다. 그러자 척담산의 눈이 살짝 흔들렸다.

제룡가를 벗어나려는 궁도요를 버린 것은 어찌 보면 제룡가의 수장으로서 이해할 수 있는 일이다. 그러나 궁비영을 흑성으로 만든 것은 변명의 여지가 없다.

이대에 걸쳐 흑성으로 만들고 둘 모두를 배신한 것은 궁비영에게 지나치게 가혹한 일이었다.

"너만 한 인재가 없었지."

척담산이 말했다.

그러자 궁비영이 고개를 저었다.

"찾아보면 없을 것도 없지요. 다른 이유가 있었을 텐데요?"

"음, 역시 똑똑한 놈이군. 좋아, 말해주지. 널 흑성으로 만든 이유는 하나다. 비밀은 영원할 수 없기 때문이지."

"그 말은 내가 언젠가 아버지의 일을 알게 되면 그대에게 복수를 할까 봐 두려웠단 말이구려."

"껄껄껄! 두렵다는 말은 지나친 것이고… 애초에 싹을 잘라내려는 것이었지. 본래 후환을 남기는 것은 생각 있는 사람이 하는 일이 아니거든."

"그래서 흑성으로 만들고 버렸다는 거군요."

"음, 그냥 버리기에는 너무나 아까운 재목이었으니까."

"적당히 쓰다 버리면 그뿐이다?"

"미안하게도 그렇구나."

척담산의 말에 궁비영이 화를 내는 대신 고개를 끄떡였다. 마치 척담산의 결정을 이해한다는 듯한 행동이다.

그러자 척담산의 표정이 모호해졌다. 이쯤 되면 분노로 이성을 잃어야 하는데 이 젊은 녀석은 전혀 동요하는 모습이 보이지 않는다. 그 침착함에 왠지 모를 불안감이 밀려온다.

"그런데 네 명줄은 정말 질기구나. 널 구해준 자가 누구냐?"

"짐작하고 있지 않습니까?"

궁비영이 되물었다. 동정호에서 그가 공격당한 이유는 유령문의 사람과 접촉했기 때문이다. 그렇다면 그를 구할 사람은 유령문밖에 없는 것이 아닌가.

"정말 유령문이냐?"

척담산이 확인하듯 물었다.

"그들이었지요."

"역시 그들과 관계를 맺고 있었군."

"인연이 그리 맺어지더군요."

"음, 그럼 결국 모든 일에 대해 들었겠군."

"그렇습니다. 그리고 예상치 못한 행운도 만났지요."

"예상치 못한 행운?"

척담산이 궁금한 듯 물었다.

"그렇습니다. 그곳에서 아버지를 만났습니다."

"궁 가주를!"

이번만큼은 척담산도 침착하지 못했다. 그의 눈이 화등잔처럼 커졌다. 그에게 궁도요의 생존은 궁비영이 살아 있는 것과는 차원이 다른 위협이다.

"아버님 역시 그들의 도움으로 살아 계시더군요."

"음……."

척담산이 나직하게 침음성을 흘렸다. 그러면서 검을 잡은 손에 힘을 줬다. 살기가 솟구치는 모습이다.

"인생사 새옹지마라더니 그 말이 틀리지 않는 모양입니다."

궁비영이 빙글거리며 말했다. 척담산은 궁비영이 자신을 조롱한다고 느꼈다.

"네놈이 지금 날 조롱하는 것이냐?"

척담산의 말투가 변했다. 더 이상 여유를 찾아볼 수가 없다. 차가운 냉기가 풀풀 풍기는 말투다.

"조롱이라니요. 감히 대제룡가의 가주님을."

그러나 궁비영의 얼굴에서 웃음기가 사라지지 않았다.

"네 녀석이 유령문에서 무엇을 얻었는지 모르지만 내겐 애송이에 지나지 않는다. 만약 조금이라도 생각이 있는 놈이라면 다시 내 앞에 나타나지 않았겠지."

"두려울 것도 없는 일이었습니다."

궁비영이 계속 척담산을 도발했다. 마치 당신 따위는 안중에 없다는 듯한 태도이다. 그런 궁비영의 행동이 척담산을 더욱 노하게 만들었다. 그리고 그가 움직였다.

"놈!"

한순간 척담산이 벼락처럼 발검했다. 그의 검이 순식간에 궁비영의 허리를 잘라갔다.

그런데 그 순간 놀라운 일이 벌어졌다. 궁비영의 신형이 거짓말처럼 사라지는가 싶더니 어느새 척담산의 옆에 나타나 검을 뻗은 그의 팔목을 움켜쥐었다.

"흡!"

순간 척담산의 입에서 다급성이 흘러나왔다. 척담산이 힘을 모아·궁비영의 손을 뿌리치려 했다. 그러나 마치 쇠줄에 감긴 듯 그의 팔은 궁비영의 손을 벗어나지 못했다.

"이… 놈!"

척담산이 당혹감과 분노가 섞인 표정으로 궁비영을 노려보는 순간 궁비영의 왼손이 번개처럼 그의 아혈을 제압했다.

"끄끄끄!"

아혈을 제압당한 척담산이 기이한 신음성을 흘려냈다. 궁비영이 그런 척담산의 팔목을 툭 쳤다. 그러자 척담산의 손에서 힘없이 검이 떨어져 내렸다.

"좀 앉읍시다."

궁비영의 말투가 변했다. 그가 거칠게 척담산을 밀어내며 태사의 한쪽을 차지하고 앉았다. 기이한 것은 그런 궁비영의 행동에 척담산이 어떤 반발도 하지 못한 다는 것이다.

"바로 죽지는 않으니 걱정 마십시오. 극독은 아니고 그저 산공독이니까."

궁비영이 별일 아니라는 듯 말했다. 그러면서 척담산의 팔을 놓아주고 대신 그의 목덜미를 왼손으로 움켜쥐었다.

"아시겠지만 소란을 피우시면 그 순간 이 세상과는 작별을 하시게 될 겁니다. 그럼 이제 입을 자유롭게 해드리지요."

궁비영이 척담산의 아혈을 풀었다.

"이놈! 이게 무슨 짓이냐?"

"몰라서 묻는 것은 아닐 게고, 나도 하나 묻겠습니다. 도대체 가주와 오죽노는 어떤 사이요?"

그러자 척담산이 궁비영을 노려보며 경고했다.

"지금이라도 물러가거라. 하면 쫓지는 않으마."

"이런, 아직 상황을 제대로 이해하지 못한 모양이구려."

궁비영이 다시 척담산의 아혈을 제압했다. 그러고는 등 뒤 어깨 아래 날갯죽지 부근에 손가락을 가져다 댔다.

"끄윽!"

아혈이 제압된 상태에서 척담산이 신음을 흘렸다.

"선사께서 천강지를 이렇게 쓴 것을 알면 크게 서운해하실 텐데……."

척담산의 몸을 파고든 것은 살자이에게 전수받은 천강지였다.

천강지의 지력이 몸을 파고들자 척담산은 온몸에 땀을 흘리며 고통스러워했다. 아마 그는 세상에 태어나서 처음으로 고문이란 것을 당했을 것이다.

"커컥!"

궁비영이 천강지를 거두자 척담산이 헛기침을 해댔다.

"이번에는 어깨지만 다음에는 머리가 될 겁니다."

궁비영이 무심하게 말하며 다시 척담산의 아혈을 풀었다. 그러자 척담산이 씹어뱉듯 말했다.

"이놈, 죽여라! 이런 수모를 주다니……."

"부자가 대를 이어 당신을 위해 개처럼 일했는데 이 정도 대가는 받아야 하지 않겠습니까? 자, 다시 묻지요. 가주와 오죽노는 어떤 사이십니까?"

"관계랄 것이 뭐가 있겠느냐? 마천을 대적하는 데 힘을 합친 것뿐이지."

"할 말이 그것뿐이라면 가주께서는 천강지의 지력이 머리를 관통하는 것을 경험하셔야 할 겁니다. 그리고 전 두 번 말하지 않는 성격이지요."

궁비영이 다시 손을 들어 올렸다. 그러자 척담산이 급히 입을 열었다.

"거래를 했다."

"무슨 거래를 했습니까?"

"그는 날 구천맹의 맹주로 만들어줄 것이다. 그리고… 난 그에게 그 권력의 반을 주기로 했지."

"그 거래에 우리 궁가의 운명도 걸려 있었겠군요."

"…그렇다. 그는 네 아버지의 죽음을 원했지."

"그리고 가주는 허락했겠군요. 구천맹의 맹주라는 자리에 비하면 외가 하나쯤은 하잘것없는 존재였을 테니까."

"……."

"좋습니다. 어쨌든 그건 그렇고, 한 사람의 행방만 말해주면 이제 가주님과 저와의 일은 끝입니다."

"누구의 행방이냐?"

"음, 한 사람이 아니라 두 사람이군요. 격포 중가 부자의 행방을 알고 싶군요. 강호에 나와 알아보려 해도 그들의 종적이 묘연하더군요."

사실 궁비영은 강호에 나오기 전부터 유령문의 유령사들에게 중광과 그의 아버지 중천산의 행적을 찾아보라 부탁했다. 그런데 귀신같다는 유령사들조차도 두 사람의 행적을 알아오지 못했다.

물론 당시에는 오죽노의 반격으로 유령사의 활동이 극히 축소되어 있을 때이긴 했다.

"그들에 대해서는 나도 잘 모른다. 단지… 그들은 이제 더 이상 제룡가의 사람이 아니다. 그들은 온전히 오죽노의 사람이 되었다."

"그 또한 거래에 포함된 것입니까?"

"그렇다. 오죽노가 그들을 원했고, 난 그들을 보냈다."

척담산이 대답했다. 그러자 궁비영이 싸늘한 목소리로 말했다.

"역시 가주께 외가의 사람들은 언제든 필요에 의해 주고받을 수 있는 무노에 지나지 않았군요."

"그들도 원한 일이다."

척담산이 말했다.

"하긴 당신 같은 주인보다야 오죽노가 믿을 만했을 거야."

궁비영의 말투가 변했다. 그 말투에서 척담산은 상황이 심상치 않게 돌아감을 느꼈다.

"어쩌려는 것이냐?"

자신을 놓아두고 자리에서 일어나는 궁비영을 보며 척담산이 물었다. 그러자 궁비영이 대답했다.

"오죽노와 그대들 구파의 수장이 마곡산에서 한 일을 알고 있소. 난 그 일을 작으나마 오늘 이곳에서 재현해 보려 하오."

"이, 이놈!"

척담산이 당황한 표정으로 궁비영을 노려봤다.

"하지만 마곡산에서의 참화와 다른 점도 있소. 오늘 이 옥루협은 화마에 휩쓸릴 것이나 죽는 사람은 오직 가주 한 명이 될 것이오."

궁비영이 자신이 들고 온 기름을 척담산의 천막에 뿌리기 시작했다.

"한 가지만 묻겠다."

절망 속에서도 척담산이 입을 열었다.

"말해보시오."

"어떻게 하독을 한 거지? 너도 분명 술을 마셨는데……."

"아, 그게 궁금하셨구려. 간단한 일이요. 난 술병 입구에 독을 살짝 발랐소. 그 독은 가주께 술을 따라 드리는 동안 모두 씻겨 나가 가주의 술잔에 고스란히 들어간 거요. 뭐, 그러니 남은 술이야 깨끗할 수밖에."

"이… 교활한 놈!"

"내가 교활한 것이 아니라 가주가 어리석은 거요. 자, 그럼 그만 작별합시다."

팟!

궁비영이 번개처럼 척담산에게 지력을 쏘아 보냈다. 그러자 척담산은 마혈이 제압되며 한순간에 몸이 굳었다.

"고통은 길지 않을 것이오. 혈도가 굳으면 심장도 굳을 테니까. 유령문의 점혈법은 제법 고명하다오."

궁비영의 말이 채 끝나기도 전에 천막 안이 불길에 휩싸였다. 그리고 궁비영의 신형이 거짓말처럼 사라졌다.

제9장
화공

"끄아악!"

사자후 같은 비명이 옥루협을 뒤흔들었다. 혈도를 제압당한 상태에서 지르는 비명이라고는 믿을 수 없는 소리다.

그 비명에 제룡가의 고수들이 잠에서 깨어났다.

"불이다! 가주님의 천막에 불이 났다!"

사방에서 제룡가주 척담산의 천막을 향해 제룡가의 고수들이 달려왔다. 그중 가장 앞선 사람은 역시 수풍당주 한광이었다.

그의 눈에 무섭게 타오르는 척담산의 천막이 보인다. 그리고 그 불길 속에서 한 사내가 걸어 나왔다.

얼굴을 검은 천으로 가린 사내는 제룡가의 고수들이 달려드는 와중에도 서두르는 기색이 없었다. 그는 잠시 서서 한광 쪽을 바라보고는 유유히 천막 뒤쪽으로 사라졌다.

"놈을 잡앗!"

한광이 명을 내렸다. 자신이 살수를 추격할 수는 없었다. 지금은 살수를 쫓는 것보다 가주 척담산을 살리는 것이 급한 때였다.

"가주!"

한광이 불길 속으로 뛰어들었다. 그러자 비단 장삼이 타들어가도 꼼짝없이 불길 속에 널브러져 있는 척담산의 모습이 보인다.

"이런!"

한광이 다급하게 달려들어 척담산의 옷에 붙은 불을 껐다. 그러고는 재빨리 척담산을 들쳐 업고 불타는 천막을 뛰쳐나왔다.

"가주!"

천막을 나온 한광이 다급히 척담산을 내려놓고 그의 상태를 살폈다. 그러나 안타깝게도 척담산은 이미 생기를 잃은 상태였다.

"가주!"

한광이 척담산의 단전에 기력을 밀어 넣었다. 추궁과혈의 수법은 무인들의 목숨을 살릴 수 있는 마지막 수법이다.

진기를 불어넣은 것이 효과를 보았을까. 척담산이 벼락처럼 눈을 떴다.

"가주, 정신 차리십시오!"

한광이 척담산을 안아 들며 소리쳤다. 그러자 척담산의 입이 열렸다.

"구… 궁……!"

척담산의 말이 중간에 끊겼다. 숨을 거둔 것이다.

"가주!"

한광이 척담산의 불탄 옷자락을 붙들고 흔들었다. 그러나 척담산은 이미 이 세상 사람이 아니었다. 그의 몸이 뻣뻣하게 굳기 시작했다. 이미 죽었음을 의미하는 것이다.

"가주……!"

한광의 울부짖음이 옥루협을 뒤흔들었다. 그렇다고 죽은 사람이 다시 살아날 수는 없다. 한광 역시 그 사실을 모르는 것이 아니었다.

한광이 몸을 일으켰다. 그러고는 수하들에게 차갑게 명을 내렸다.

"다섯은 남아서 시신을 보존하라! 나머지는 나를 따르라! 쥐새끼를 잡는다!"

한광이 타고 있는 천막 위로 몸을 날렸다. 그러자 제룡가의 고수들이 일제히 한광을 따르기 시작했다.

궁비영이 얼굴을 가린 검은 천을 슬쩍 들췄다. 그러자 매캐한 연기 냄새가 코를 파고들었다.

"퉤!"

궁비영이 입에 고인 침을 내뱉었다. 기분이 썩 좋지 않다. 배신자이기는 하나 그래도 한때는 주인으로 모시던 척담산이 아닌가.

"더 이상 피를 볼 필요는 없겠지."

궁비영이 중얼거리면서 옥루협의 절벽 위를 향해 손을 흔들어 신호를 보냈다.

그러자 절벽 위에서 기름통이 떨어지기 시작했다.

"조심해! 매복이 있다!"

궁비영을 향해 달려들던 제룡가의 고수들이 떨어지는 기름통에 놀라 뒤로 물러났다.

퍼퍼퍽!

순식간에 몇 개의 기름통이 제룡가의 숙영지에 떨어져 내렸다. 그리고 뒤를 이어 불화살이 떨어져 내렸다.

화르륵!

한순간에 불길이 솟구쳤다. 신비롭던 옥루협의 계곡이 단번에 화염으로 가득 찼다.

"놈!"

불길 속에서 한광이 궁비영을 보며 노성을 토해냈다.

"나쁘지는 않은 사람이지."

궁비영이 분노하는 한광을 보며 중얼거렸다. 그를 죽이고 싶지는 않았다. 제룡가 본가에 속한 자들이 외가의 사람들을 눈 아래 두고 무시한 것은 사실이지만 한광은 그런 부류의 사람은 아니었다.

궁비영이 발에 진기를 모았다. 그러고는 절벽을 타기 시작했다. 그의 몸이 마치 날짐승처럼 절벽 위로 솟구쳤다.

"아!"

제룡가의 누군가가 그런 궁비영의 모습에 탄성을 흘렸다. 비단 같은 옥루협의 절벽을 타고 오르는 궁비영의 모습은 어찌 보면 신비롭기까지 했다.

"정신 차렷!"

궁비영의 움직임에 놀라고 있는 제룡가 고수들을 한광의 호령이 일깨웠다. 정신을 차린 제룡가의 고수들이 한광의 곁으로 모여들었다.

"추격은 어려울 것 같습니다."

수풍당의 고수 한 명이 한광에게 말했다.

"절벽을 오른다."

"당주님!"

수풍당의 고수가 놀란 표정으로 한광을 바라보았다.

"가주님을 해친 자다. 종적을 놓칠 수 없어."

"그러나 절벽 위에는 놈의 패거리가 매복해 있습니다. 절벽을 오르다간 전멸입니다."

"그렇지가 않다."

한광이 고개를 저었다.

"무슨 말씀이신지······?"

"놈들이 우릴 몰살시키려고 했다면 충분히 그럴 수 있었다. 지금 이 상황에서 기습을 해온다면 우리가 놈들을 버텨낼 수 있을 것 같으냐?"

"그, 그렇긴 합니다만……."

"놈들은 더 이상 우릴 공격할 생각이 없어. 오직 가주님만을 노린 것이지. 그 말은 우리가 절벽을 올라가도 공격하지 않을 거란 말이다. 아마 그 와중에 사라지겠지."

"하면 절벽을 오를 필요도 없지 않습니까?"

"어리석은 소리. 급하게 퇴각하는 적은 항상 흔적을 남기게 마련이다. 놈들을 다급하게 만들어야 해. 그러면 반드시 흔적을 남길 것이다. 시간을 주면 안 되니 서둘러라."

과연 제룡가 수풍당의 당주다. 혼란 속에서도 한광은 어떻게든 궁비영 일행의 단서를 찾을 방도를 생각하고 있었다.

"알겠습니다."

"가라!"

한광이 명을 내렸다. 그러자 수풍당의 고수 십여 명이 궁비영이 올라간 절벽을 오르기 시작했다.

"무모한 자군."

절벽 위에서 불타는 계곡을 내려다보고 있던 동왕 귀보전이 중얼거렸다.

"뛰어난 자지요."

궁비영이 대답했다.

"무슨 말씀이십니까? 이 상황에서 공격을 하면 절벽을 오르는 자들은 전멸입니다."

"그는 우리가 더 이상 공격을 하지 않을 것을 알고 있습니다."

"설마 그럴 리가……."

"그렇기 때문에 안심하고 수하들을 올려 보내는 것입니다."

"정말 그렇다면 제룡가 수풍당주는 생각보다 지모가 뛰어난 사람이군요."

"그래서 그가 수풍당의 당주가 된 겁니다. 어떤 상황에서도 침착함을 잃지 않지요. 그러나 그는 아주 단순한 사실을 모르는 것 같군요."

"무엇입니까?"

"내가 저들을 죽이지는 않아도 발을 묶을 수는 있다는 사실이지요. 아마도 그는 우리에게 시간을 주고 싶지 않은 모양인데 우린 충분히 그 시간을 만들 수 있지 않겠습니까?"

"하하, 그렇지요. 절벽을 오르는 자들의 발을 묶는 것은 그리 어려운 일이 아니지요. 서너 명은 남아서 활과 암기를 써라. 대신 사람들이 상하지 않게 하라. 그사이 나머지는 퇴각한다. 흔적을 남기지 마라."

귀보전이 그들의 뒤에 웅크리고 있는 유령사들을 향해 명을 내렸다.

귀보전의 명에 유령사 셋이 앞으로 나와 절벽을 오르는 제룡가의 고수들을 향해 화살과 암기를 쏘아대기 시작했다.

한광은 우울하게 절벽 중간에서 갈팡질팡하고 있는 수하들을 바라보고 있었다. 그의 예상은 반만 맞았다. 적은 제룡가의 고수들을 향해 살수를 쓰고 있지는 않았지만 공격을 하지 않은 것은 아니었다.

적의 공격을 받은 몇몇의 문도가 부상을 입고 절벽 아래로 내려오고 있다. 발이 묶였으니 적은 충분히 자신들의 흔적을 지우며 사라질 것이다.

"어떤 놈들일까?"

한광이 홀로 중얼거렸다. 가주 척담산이 죽은 충격은 이미 사라졌다. 그는 냉정한 무인의 시선으로 절벽 위를 바라봤다. 거뭇한 인영 서넛이 보일 뿐 그 정체를 알 수는 없었다.

"물러나라고 해라!"

한광이 곁의 수하에게 말했다.

"추격을 포기합니까?"

"의미 없는 일이다. 날이 밝으면 절벽 위로 올라가 보겠다."

"알겠습니다."

명을 받은 수하가 서둘러 절벽 아래로 달려갔다. 그사이 한광은 아예 신형을 돌려 불타고 있는 노숙지를 응시했다. 그의 눈에 불안한 기운이 감돌고 있다.

"마천은 창궐하고 맹의 구천은 세력을 다툰다. 그 와중에 북산의 소룡들은 혈육의 정을 잊고 서로를 죽이려 하고 있다. 이때 가주가 죽었다. 아! 북산에 과연 무슨 일이 일어날 것인가!"

나직한 한탄이 그의 입에서 흘러나왔다. 그러다가 문득 정신을 차리고 중얼거렸다.

"공자들보다는 삼당의 당주들이 중요하다. 당주들의 합의를 이끌어낼 수 있다면 혼란은 최소화할 수 있다. 물론 그럼에도 불구하고 구천맹에서 가장 왜소한 문파가 되겠지만……."

한광이 씁쓸한 표정으로 중얼거렸다.

뜨거운 밤이 지났다. 아직도 화마의 잔재가 남은 옥루협 한곳에서는 연기가 솟고 있었다. 그러나 어쨌든 그 연기도 한두 시진 안에 사라질 것이다.

제룡가의 숙영지는 완전히 사라지고 없었다. 지난밤 화마가 모든 것을 불태웠기 때문이다.

그러나 그런 거친 화마의 공격에도 불구하고 뜻밖에 상한 사람은 몇 없었다.

죽은 사람은 오직 하나, 제룡가주 척담산으로 나머지 제룡가의 고수들은 절벽을 오르다 암기 공격을 받고 부상당한 몇몇을 빼고는 모두 멀쩡했다.

그래서 기이한 기습이었다. 몰살을 당해도 어쩔 수 없는 기습이었는데 죽은 사람은 없으니 다행이랄 수 있으나 가장 중요한 사람, 제룡가의 가주 척담산이 죽었다.

날이 밝아도 제룡가의 고수들은 쉽게 움직일 수 없었다. 그들은 모두 수풍당주 한광의 곁에 모여들어 그의 명을 기다렸다.

하지만 한광 역시 쉽사리 다음 행보를 정하지 못했다. 생각해야 할 것이 너무나 많았다. 그리고 기다리는 사람도 있었다.

해가 아침 이슬을 모두 말렸을 즈음 절벽 위로 올라갔던 수 풍당의 고수 다섯이 돌아왔다.

"어떠하던가?"

그들이 돌아오자 한광이 물었다.

"예상대로 깨끗합니다. 어떤 흔적도 찾을 수 없었습니다."

"음......."

한광이 침음성을 흘렸다.

"어찌할까요?"

절벽 위로 올라갔던 수하 한 명이 물었다.

"북산으로 돌아간다. 자네는 두 사람을 데리고 구룡대산으로 가게."

"너무 이른 것이 아닐는지요?"

명을 받은 수하가 조심스럽게 물었다. 오늘의 변고는 가능한 늦게 구천맹에 알리는 것이 좋았다. 북산으로 돌아가 척담산 이후의 일을 결정한 후에 맹에 알리는 것이 옳은 일일 터였다.

그렇지 않다면 북산의 혼란을 틈타 구천맹의 다른 문파들이 자신들의 이득을 찾으려 할 것이다.

"다른 사람들에게는 비밀로 하고 오죽노에게만 은밀히 알리게. 그리고 필요하다면 그분의 조언을 가지고 오시게."

"알겠습니다."

그제야 한광의 의도를 알아차린 수풍당의 고수가 대답했다.

"오죽노라면 제룡가가 급격하게 추락하는 것을 막아줄 것

이다. 누가 뭐래도 그에겐 제룡가의 후원이 필요하니까. 가
게."

한광의 말에 명을 받은 제룡가 고수가 두 사람을 데리고 장
내를 벗어났다. 그러자 한광이 다른 자들을 보며 말했다.

"북산으로 돌아가 당주들의 회합이 끝날 때까지 이 일이 알
려져서는 안 된다."

"알겠습니다, 당주!"

수풍당의 고수들이 일제히 대답했다.

"좋아, 잠을 자지 않고 달릴 것이다. 모두 준비하라."

"옛, 당주!"

한광의 명을 받은 제룡가의 고수들이 일제히 움직이기 시작
했다.

궁비영과 동왕 귀보전은 여전히 옥루협의 절벽 위에 있었
다. 사실 그들은 제룡가의 고수들이 절벽 위에 올라왔을 때조
차 그들로부터 가까운 곳에 머물렀다.

유령문의 무공 중 무영환이란 환술은 구천맹의 흑성 양성에
서 쓰인 천환의 뿌리가 되는 무공이다.

그러나 그 위력에 있어서는 천환과 비견될 수 없는 신묘함
을 지니고 있었다.

야유사군이 무영환을 완전히 터득하면 적의 눈앞에서 유유
히 적의 병기를 훔칠 수 있을 거라는 말을 한 적이 있는데, 그
말이 결코 과장된 것이 아니었다.

그러니 제룡가의 고수들이 궁비영과 귀보전을 발견할 수 없는 것은 당연한 일이었다.

"한동안 강호가 혼란스럽겠군요. 마천은 반격의 기회를 얻을 수 있고 말입니다."

귀보전이 말했다.

"오죽노가 어찌 나올지 궁금하군요. 제룡가주를 앞세워 구천맹을 장악하려 했는데……."

"다른 사람을 찾겠지요."

"글쎄요. 다른 사람 중 제룡가주를 대신할 자가 있을지 모르겠군요."

궁비영이 고개를 갸웃했다.

"그라면 무슨 수든 낼 겁니다."

"유령사들이 좀 더 위험해지겠군요."

"그렇지요. 그의 속내를 알아내려면 그의 곁으로 좀 더 다가서야 할 테니까요. 하지만 어쨌든 그도 이번 일로 타격은 받겠지요. 본 문에 대한 제약이 허술해지긴 할 겁니다. 그나저나 이제 어디로 가시렵니까? 해산으로 가시렵니까?"

귀보전이 궁비영에게 물었다.

"해산이라……. 가보고 싶은 곳이기는 하지요."

해산은 마곡산이 불탄 후 새롭게 자리 잡은 유령문의 본거지다. 만화도가 유령문의 뿌리이기는 하지만 유령문의 본거지로 사용하기에는 중원과 너무 멀고 그 크기도 작았다.

그래서 유령문은 해산에 다시 본거지를 만들어놓고 있었다.

"달리 가실 곳이라도……?"

"북산엘 한번 가보지요."

"저들을 쫓아서 말입니까?"

귀보전이 의아한 표정으로 물었다.

"그렇습니다."

"복수를… 더 하시렵니까?"

걱정스런 말투다. 제룡가주를 죽이는 것으로 복수를 일단락 짓는 것이 좋다고 생각하는 귀보전이다.

"복수를 하려는 것이 아닙니다. 그저 제룡가가 어찌 변하는지 궁금할 뿐이지요. 그리고 사실은 한 사람을 만나기 위해섭니다."

"누구 말입니까?"

"글쎄요. 예전에는 세상에서 가장 믿을 만한 두 명의 친구 중 하나였는데, 이젠 오직 하나 남은 친구랄까요. 그놈이 도와준다면 모든 일이 좀 더 편해지지 않을까 생각되는군요."

궁비영이 북쪽으로 시선을 돌리며 말했다.

*　　　*　　　*

탕탕탕!

오죽노가 눈앞에 놓인 탁자를 내려쳤다. 얼굴에 노기가 가득하다. 그의 입술이 가늘게 떨린다.

"다시 말해보시오."

오죽노가 사색이 되어 자신을 찾아온 제룡가의 고수들을 보며 말했다.

"가주께서… 변을 당하셨습니다."

"확실하오?"

"시신을 수습했습니다."

"누구 짓이오?"

오죽노가 물었다.

"알 수 없습니다. 추격에 나섰지만 반격을 받아 실패했고, 일이 생긴 다음 날 아침에는 그들의 흔적을 찾을 수 없었습니다."

"일을 당한 곳이 어디라고 했소?"

"옥루협입니다."

"옥루협! 옥루협! 어리석은 양반 같으니라고! 내 누누이 북산과 구룡대산을 오갈 때 그 길을 이용하지 말라 했거늘! 기습을 당하면 퇴로가 없어 꼼짝없이 당할 수밖에 없는 곳임을 그리 말해주었건만……!"

오죽노가 혀를 찼다. 죽은 제룡가주에 대한 안타까움보다는 자신의 충고를 무시한 척담산에 대한 분노가 앞서는 듯 보였다. 그러자 제룡가의 고수가 말했다.

"옥루협이 아니었어도 일은 벌어졌을 겁니다."

"그건 무슨 소리요?"

오죽노가 사납게 물었다.

"가주께서 일을 당하신 것은 깊은 밤 고요 속에서였습니다.

다시 말해 일을 당하시기 전에는 누구도 알아채지 못했단 말입니다. 그러니 옥루협의 험준한 지형 때문에 일이 벌어진 것은 아니란 말이지요."

사내의 말에 오죽노가 눈을 가늘게 떴다.

"그 말이 사실이오?"

"그렇습니다."

"그렇다면 제룡가주께서 살수 한 명을 상대하지 못했다는 말이오?"

"수풍당주께서는 산공독을 의심하셨습니다."

"독에 당했다? 그럼 내부 인물이 관여되어 있단 말이오?"

"그건 아직 모르겠습니다."

"음, 그럼 가주를 살해한 이후에 막사에 불을 질렀다는 말이구려."

"그렇습니다."

사내의 대답에 오죽노가 눈살을 찌푸렸다.

"왜 그랬을까? 조용히 빠져나가면 그만인 것을. 더군다나 제룡가의 다른 문도들은 공격하질 않았다니 더더욱 불을 지를 이유가 없는데……."

"저희도 줄곧 그것이 의문이었습니다."

오죽노가 손을 턱을 괬다. 그러고는 한참 동안 생각에 잠겼다가 한숨을 쉬며 말했다.

"일을 벌일 데는 오직 한곳뿐이군."

"역시 마천일까요?"

수풍당의 고수가 물었다. 그러자 오죽노가 고개를 저었다.

"마천이었다면 그곳에 있는 사람 모두를 죽였을 것이오. 이건 마천의 수법이 아니오."

"하긴 그렇겠지요. 그럼 어디란 말입니까?"

"제룡가주가 북산을 떠난 것을 알아내고, 그 행로 또한 모두 파악한 후 일을 벌였다면 역시 유령문의 짓이지."

오죽노가 손을 말아 쥐며 말했다.

"유령문이란 말입니까?"

수풍당의 고수가 놀라며 되물었다.

"그렇소."

"그들이 어찌 감히……."

"내가 누누이 말하지 않았소. 유령문은 그대들 구파의 사람들이 생각하는 것보다 훨씬 무섭다고. 더군다나 숙영지를 불태웠다는 것은 아마도 마곡산에서의 일을 분풀이한 것이겠지."

"아……!"

제룡가의 고수들이 나직하게 탄성을 흘렸다. 그 역시 마곡산의 일을 알고 있기 때문이다. 당시 구천맹의 고수들은 마곡산을 완전히 불살라 버렸다.

"이제… 어찌하오리까? 당주께서 총군사의 가르침을 받아오라 했습니다."

제룡가의 무사가 당황한 표정으로 물었다. 그러자 오죽노가 대답했다.

"서둘러 후계자를 세우라 하시오. 그전에는 세상에 가주의 죽음을 알리면 안 되오. 차기 가주가 서면 그때 내가 제룡가로 가리다."

"총군사께서요?"

사내가 놀란 표정을 지었다.

"나의 방문이 새 가주의 권위를 높여줄 것이오. 내가 새 가주를 존중하는 모습을 보이면 감히 다른 문파들이 새 가주를 업신여기지 못할 것이오."

"그렇겠군요. 알겠습니다."

"서둘러 돌아가시오."

"그럼!"

제룡가의 고수가 가볍게 포권을 해 보이고는 바람처럼 장내에서 사라졌다. 그러자 오죽노가 고개를 저으며 중얼거렸다.

"그런데 제룡가주라……. 왜 제룡가주였을까? 나와 거래가 있다는 걸 알고 있는 걸까? 그것보다 한동안 잠잠하다 했더니 어느 틈에 유령사들이 내 인근에 와 있는 건가?"

한순간 오죽노가 주변을 둘러봤다. 아무도 눈에 보이지 않는다. 그럼에도 그의 눈에서 살기가 흘렀다.

* * *

익숙한 풍경이 눈에 들어온다. 가슴이 들뜨고 마음이 먹먹하다.

이상한 일이다. 흑성 수련을 거치고 화인 노송의 무공을 수련하면서 가슴을 단단한 바위로 만들었다고 생각한 궁비영이다. 그런데 풍경 한 자락에 가슴이 흔들린다.

'제길!'

왜 문득 아무것도 모르던 시절이 생각나는 것일까. 그 시간으로 돌아가고 싶은 마음이 불쑥 든다. 그랬다면 척담산을 죽일 일도 없었을 것이다.

"알아보는 사람이 많을 겁니다."

현실을 일깨워 주는 사람은 역시 동왕 귀보전이다.

"변용을 해야지요."

"이쯤에서 해야 할 것 같은데……."

더 이상 북산 가까이 가는 것은 위험하다고 생각하는 귀보전이다.

"그럴까요?"

궁비영도 순순히 동의했다.

두 사람이 길옆 숲으로 들어가 휴식을 취하며 얼굴을 고치고 미리 준비한 옷으로 갈아입었다. 그러자 겨우 반 시진도 지나지 않아 검은 무복의 무인들은 사라지고 노소의 장사치 두 명이 나타났다.

"그럴듯하군요."

궁비영이 귀보전을 보며 말했다.

"계명흑성께서도 잘 어울리십니다."

두 사람이 장사치로 변한 서로를 보며 웃음을 지었다. 웃음

끝에 궁비영이 당부했다.

"말투를 조심하세요."

"하하! 걱정 마십시오. 대신 하대를 하는 것을 용서하시기 바랍니다."

"사실 그게 제겐 더 편하지요. 갈까요?"

"그러시죠."

대답을 하며 귀보전이 먼저 자리에서 일어섰다.

낯익은 풍경, 낯익은 냄새가 긴장을 흩뜨린다. 더군다나 낯익은 얼굴들도 보인다. 세상은 마천과 구천맹의 싸움으로 어수선한데 북산 인근에 사는 사람들의 모습은 변함이 없었다.

"역시 아직 알려지지 않은 모양이군요."

귀보전이 나직하게 속삭였다.

"새로운 가주를 세우기 전에는 비밀로 할 겁니다."

"음, 내분이 일어날까요?"

"글쎄요. 그렇지는 않을 것 같은데……."

"왜 그리 생각하십니까? 척담산이 없는 이상 세 형제 중 누구도 가주의 자리를 포기하지 않을 텐데요."

귀보전이 물었다.

"척담산이 없기 때문이지요. 힘 있는 아버지가 사라진 자식들은 감히 반항을 하지 못하는 법입니다."

"누구에게 말입니까?"

"그야 당연히 새로운 가주와 그 가주를 만든 자들이겠지요."

"결국 실권은 세 명의 당주에게 있다는 말이군요."

"당분간 그들이 북산을 지배할 겁니다."

"제 생각은 조금 다릅니다만……."

귀보전이 말했다.

"삼당의 당주가 실권을 쥐지 못할 거란 말입니까?"

궁비영이 물었다.

"그렇습니다. 새 가주를 만든 자가 실권을 쥐는 것은 맞습니다만 새 가주는 삼당주가 아니라 다른 사람이 세울 겁니다."

귀보전이 확신하듯 말했다.

"누굴 생각하고 계십니까?"

궁비영이 호기심이 동하는지 걸음을 멈추고 물었다.

"유령문은 구천맹 구파의 사정을 면밀히 살피고 있었지요."

"알고 있습니다."

궁비영이 대답했다.

"제룡가의 사정을 보면 죽은 척담산이 완벽하게 가문을 장악하고 있었지요. 모든 일은 그의 결정으로 처리되었고요. 그런데 그런 척담산이 유일하게 의견을 구하는 사람이 있었습니다."

"…그런 사람이 있었나요?"

북산에서 살아온 궁비영조차 모르는 일이다.

"항상 등잔 밑이 어두운 법이지요. 그에게는 아주 뛰어난 부인이 있지 않습니까?"

"아! 대부인!"

"그렇습니다. 이화령, 바로 그녀가 북산의 실세가 될 겁니다. 비록 척담산만 한 권력을 잡지는 못하겠지만 삼당의 당주들 역시 그녀의 눈치를 볼 수밖에 없을 겁니다."

"그렇군요. 그녀가 있었어요. 강단이 있다는 여인이지요. 더군다나 화산 출신이니……."

"그녀가 있는 한 제룡가의 저력은 아직도 녹록치 않지요."

"그럼 여전히 오죽노는 제룡가를 중요하게 생각하겠군요."

"맞습니다. 어쩌면 오히려 더 큰 욕심을 낼 수도 있지요. 척담산이 없는 제룡가라면."

"재밌군요."

"단지 그에겐 시간이 없다는 것이 유일한 아쉬움일 겁니다."

"시간이 없다니요?"

"마천이 있지 않습니까?"

귀보전이 어깨를 으쓱하며 말했다.

"하하, 이제 보니 그렇군요. 내가 잠시 마천을 잊고 있었군요. 제룡가주가 죽은 소식이 세상에 전해지면 마천의 공세가 강해질 테니 오죽노도 제룡가에 관심을 둘 여유가 없겠군요."

궁비영이 낮게 웃음을 흘렸다. 그러다가 문득 궁비영이 걸음을 멈췄다. 그가 걸음을 멈춘 곳은 운치 있는 다루 앞이었다.

"아시는 곳입니까?"

귀보전이 물었다.

"아니오. 제가 모르는 곳입니다. 그래서 더 궁금하군요. 비록 북산을 떠나 있은 지 오래지만 이런 다루를 지을 사람은 없는데… 제룡가나 사대외가 말고는."

"그들이 지은 것 아닐까요?"

"그들은 평소 장사에 손을 대지 않습니다. 장사치들의 상납을 받고 살지요."

"그렇군요. 그게 무림문파의 생리지요."

귀보전이 고개를 끄떡였다.

"들어가 보죠. 궁금하군요. 누가 이런 다루를 세웠는지. 주루라면 모를까."

궁비영이 고개를 갸웃하면서 다루를 향해 걸어갔다.

"삼우향(三友香)이라……."

다루 문을 지나며 귀보전이 중얼거렸다. 다루의 이름치고는 기이한 이름이기는 했다.

"어서 오십시오."

궁비영과 귀보전이 안으로 들어서자 수수하지만 깔끔한 옷을 입은 이십 대 중반의 여인이 나와 두 사람을 맞이한다. 장사하는 사람 같지 않게 순박한 모습도 보인다.

"자리가 있소?"

"물론이죠. 두 분이신가요?"

"그렇소."

궁비영이 대답했다.

"이쪽으로 오세요."

여인이 두 사람을 다루의 이 층 창가로 데리고 갔다.

"이곳이 전망이 좋습니다. 북산이 한눈에 보이지요."

여인의 말대로 북산과 그 아래 거대하게 자리 잡은 제룡가의 장원이 한눈에 들어오는 곳이었다.

두 사람이 자리를 잡고 앉자 여인이 물었다.

"저희 삼우향에 술은 없습니다. 대신 다양한 차와 간단하게 다과를 드실 수 있어요."

"다루에서 술을 찾기야 하겠소? 차에 대해선 잘 모르니 과하지 않게 좋을 대로 내어오시오."

"알겠습니다. 그리하지요."

"그런데 한 가지 물어봅시다."

궁비영이 물러가려는 여인을 불러 세웠다.

"말씀하세요."

"이 다루가 언제 생겼소? 내 예전에 이곳에 잠시 머물렀는데 그때는 이런 다루가 없었는데……."

"맞습니다. 삼우향이 생긴 것은 겨우 석 달 전이에요."

"석 달 전이라……. 그랬구려. 그런데 이런 다루를 차릴 정도면 주인께서 무척 부자인 모양이구려."

"그렇다고들 하더군요. 그래서 더욱 놀라워들 하지요."

"그건 또 왜 그렇소?"

"루주께서 너무 젊으시거든요."

여인이 가벼운 미소를 짓는다. 아마도 주루의 주인을 무척 좋아하는 듯 보였다.

"그렇소? 얼마나 젊기에……."

"아직 서른이 되지 않으셨지요."

"아니, 그 나이에 이런 다루를 열었단 말이오? 아주 대단한 가문의 후손인 모양이구려."

"그도 그렇지가 않아요. 그분께선 평범한 장사치의 아들이세요. 그런데도 뛰어난 능력으로 젊은 나이에 이런 다루를 차린 것이지요."

"그렇소이까? 궁금해지는구려. 도대체 그 젊은 주인이 누군지 말이오."

"호호, 대단한 비밀도 아니지요. 북산 인근에 사는 사람이라면 누구나 아는 분인걸요."

"그렇소? 그게 누구요?"

"요 아래에서 포목점을 하던 주 대인의 아드님이신 주, 남자를 쓰는 공자세요."

"아! 주남 그 친구……?"

궁비영은 내심 크게 놀랐지만 겉으로는 그저 뜻밖이라는 듯한 표정을 지으며 아는 척을 했다.

"루주님을 아시나요?"

여인의 태도가 좀 더 공손해진다.

"예전에 몇 번 본 적이 있소. 그런데 루주는 지금 이곳에 있소?"

"아니에요. 그분은 시전 외곽이 있는 장원에 머무세요."

"음, 그렇구려. 장원까지 세웠다니 크게 성공하긴 한 모양이군. 하긴 그가 예전부터 천재로 이름이 높기는 했지."

"맞아요. 루주께서는 정말 뛰어난 분이세요. 들리는 말에 의하면 제룡가에서도 루주님을 초대하기 위해 무척 애를 쓰고 계시다고 하더라고요. 물론 루주께선 강호의 일에는 관심이 없다시면서 계속 거절하고 계시고요."

"음, 알았소. 차를 부탁하오."

궁비영의 말에 여인이 공손하게 고개를 숙여 보이고는 자리를 떴다. 그러자 귀보전이 물었다.

"아는 사람입니까?"

"바로 그를 만나러 왔습니다."

궁비영이 대답했다.

"북산에서 만나시려 한 그 사람이 그럼……."

"그렇습니다. 녀석, 이런 다루를 다 차리고."

궁비영이 대견한 듯 다루를 훑어봤다.

북산을 떠날 때 주남은 개봉으로 가겠다고 했다. 그런데 어느새 다시 북산으로 돌아와 다루를 차린 것이다. 어쩌면 이 다루는 궁비영이 맡기고 간 은자로 차린 것일 수도 있었다.

"아니지. 부족했을 것 같은데……."

궁비영이 중얼거렸다. 그가 맡기고 간 은자는 이런 다루를 차리기에는 부족한 금액이었다.

"무슨 말씀이십니까?"

"아, 아닙니다. 일단 차를 마시고 녀석을 만나러 가야겠어요."

"제가 동행하면 안 되겠지요?"

"그 녀석도 동왕께서도 서로 불편하실 겁니다."

"알겠습니다. 그럼 객잔을 잡고 기다리지요."

"이곳에도 유령사가 있습니까?"

"두 명이 나와 있습니다. 한 명은 제룡가 안에, 다른 한 명은 밖에 있지요."

숫자는 적어도 유령사 둘이면 제룡가의 움직임을 충분히 파악할 수 있었다.

"과연 유령문이군요."

"구파는 아무래도 신경을 써야지요."

동왕 귀보전이 미소를 지으며 대답했다. 그때 물러갔던 여인이 다과를 들고 다시 나타났다.

운치 있게 차를 마시는 것은 궁비영과 귀보전에겐 사실 어울리는 모습이 아니었다. 그 때문에 두 사람은 채 반 시진도 지나지 않아 자리에서 일어났다.

*   *   *

눈에 익은 장원이 보인다. 본래 과거 호씨 성을 쓰던 장사치가 거처하던 곳인데 지금은 궁비영이 북산을 떠날 때와는 많이 변해 있었다.

"호 노인이 쉽게 넘기지는 않았을 텐데……."

장원을 향해 걸으며 궁비영이 중얼거렸다.

호중환이란 이름을 쓰던 장사치는 북산 인근에서 탐욕스럽기로 유명했다. 그런 자에게서 장원을 사들이려면 아마도 제법 많은 웃돈을 얹어줘야 했을 것이다.

"이상한 놈이야. 장원은 뭐하러 샀을까? 설마 평생 이곳에 정착하려는 걸까?"

주남이 구입한 장원이 호중환의 장원이란 것을 알고 내내 궁금한 점이다.

궁비영이나 주남이나 이 북산은 언제든 떠나고 싶은 곳이었다. 그런데 그 북산에 장원을 마련했으니 의아한 일이다.

"만나보면 속내를 알 수 있겠지."

궁비영이 빠른 걸음으로 장원의 문 앞으로 다가섰다.

"뉘시오?"

장사치 차림을 하고 있는 궁비영을 문 앞에서 한 사내가 가로막았다. 순간 궁비영의 눈이 가늘어졌다.

'무인이다.'

사내에게서 무인의 기운이 느껴졌다. 그것도 제법 고강한 무공을 소유한 자가 분명했다.

'이 자식이 정말 거물이 된 건가? 그 짧은 시간에?'

무인을 고용해 장원의 경비를 맡길 정도라면 대단한 부자가 아니고서는 불가능한 일이다.

"삼우향의 루주가 이곳에 있다고 들었소."

"그렇소이다만……."

"루주를 좀 만나고 싶소."

"약속은 하셨소?"

"아니오."

"루주는 아무나 만나지 않소."

사내가 쌀쌀맞게 말했다. 그러자 궁비영이 미소를 지으며 말했다.

"가서 루주에게 몇 년 전 은자를 맡긴 친구가 찾아왔다고 말해주시오. 하면 바로 달려 나올 거요."

궁비영의 말에 사내가 미심쩍은 눈으로 궁비영을 한 번 살펴보고는 장원 안으로 사라졌다.

주남이 옷도 제대로 입지 못하고 부리나케 달려 나온 것은 그로부터 채 일각이 지나지 않아서였다.

제10장

귀향, 그리고 폭풍전야

어린 시절 주남은 보기 드문 천재면서도 그 자질이 널리 알려지지 않았다. 이유는 명석한 그의 머리와 달리 하는 행동이 조금 허술했기 때문이다.

도박판에서 돌아가는 패의 움직임을 모두 계산해 낼 수 있으면서도 정작 노름꾼의 간단한 손장난에도 쉽게 속아 넘어가는 어수룩한 면이 있었다.

그 이유는 하나였다. 세상 물정에 어둡다는 것, 그로 인해 사람이 재물과 권력 앞에 얼마나 비굴할 수 있는지 알지 못하는 그 순수함 때문이었다.

그런데 지난 몇 년간 주남은 변했다.

본래 가지고 있던 뛰어난 두뇌는 세상에 나가 경험을 쌓으면서 그의 허술함을 빠르게 지워 버렸다. 그래서 이제 주남은 세상에서 가장 날카로운 사람이 되어 있었다.

그 때문인지 주남은 궁비영에게 말을 건네기도 전에 궁비영의 표정에서 그의 존재를 감춰야 한다는 것을 알아챘다. 궁비영의 차림새가 북산에서의 그것, 혹은 무인으로서의 모습과는 어울리지 않았기 때문이다.

"왔냐?"

주남이 입을 열었다. 이름을 말하지 않은 것은 북산 인근에서 궁비영이란 이름이 제법 알려져 있기 때문이다.

"오랜만이다."

궁비영이 고개를 끄덕이며 대답했다.

"들어가자."

주남이 반가운 마음을 억누르며 궁비영의 어깨를 툭 쳤다. 그러고는 자신이 먼저 앞서서 장원 안으로 들어갔다. 그러자 그를 데려온 경비무사가 고개를 갸웃하며 중얼거렸다.

"처음에는 죽었던 형제가 살아온 듯 흥분하시더니… 뭐 대단히 친한 사이는 아니었던 건가?"

두 사람의 만남이 경비무사가 생각하던 것과는 달리 너무 덤덤했기에 하는 말이었다.

기이한 장원이었다. 무색무취의 장원, 혹은 죽은 자들의 장원 같기도 했다.

"뭐냐, 이 분위기는?"

궁비영이 주남에게 물었다.

"음, 사실은 널 위해 준비한 장원이어서 그래."

주남이 별일 아니라는 듯 대답했다.

"날 위해서?"

"응. 네가 맡긴 은자로 내가 제법 큰 재물을 모았거든."

"삼우향을 보고 그리 생각했다. 역시 넌 똑똑한 녀석이야."

"음, 금자를 모으는 것은 그리 어려운 일이 아니지."

주남이 어깨를 으쓱하며 대답했다. 자기 자랑을 하는 것은 아니었다. 주남에게는 정말 금자를 모으는 것은 그리 어려운 일이 아닐 수도 있었다.

"그런데 날 위해 준비한 장원이란 건 무슨 말이냐?"

"뭐… 굳이 말하자면 네 사당이랄까."

"사당?"

"그래. 장원 후원에 너와 네 아버지의 위패를 모셨지."

"우리가 죽었다고 알고 있었던 거냐?"

"응."

주남이 심각한 표정으로 고개를 끄떡였다. 죽었던 자가 살아 돌아왔으니 그로서도 심각할 만한 일이었다.

"왜 그렇게 생각했지?"

"북산에 소문이 돌았으니까. 내가 돌아왔을 때 이미 넌 오래전에 죽은 사람이더라고. 나도 얼마 전에야 북산에 돌아왔거든."

"음, 그건 들었다. 그런데 네 녀석 정도면 한 번쯤 의심했어야 하는 것 아니냐? 예전에 네놈이 잡학에 빠져 지낼 때 내 관상을 봤잖아? 초반에는 고생을 좀 해도 천수를 누릴 거라고."

"그랬지. 하지만 뭐 관상이야 재미로 본 것이고, 더군다나……."

주남이 무슨 말인가를 하려다 말고 입을 닫았다.

"무슨 말을 하고 싶은 건데?"

궁비영이 주남이 망설이는 것을 보고 그를 채근했다.

"사실은 석 달 전 광이 놈을 만났어."

"중광?"

"응. 녀석이 그러더라고. 네가 죽었다고."

"음……."

궁비영이 나직한 침음성을 흘렸다. 그러자 이번에는 주남이 물었다.

"네놈들 사이에 무슨 일이 있었던 거냐?"

그러자 궁비영이 주남의 물음에 대답하는 대신 다시 질문을 던졌다.

"녀석이 북산에 왔었다고?"

"그렇다니까."

"무슨 일로 북산엘……?"

이제 중광과 그의 아버지 중천산은 오죽노의 사람이다. 비록 오죽노와 척담산이 밀접한 관계라고 해도 중광이 북산에 다시 들를 것이라고는 생각지 못한 궁비영이다.

"날 만나러 왔더라고."

"널?"

"웅. 그때 녀석도 너처럼 내게 은자 상자를 맡겼잖아? 그걸 찾으러 왔어. 물론 난 녀석에게 두 상자의 은자를 더 주었지."

주남이 이번에야말로 자랑하듯 어깨를 으쓱거렸다.

"이상한 일이네. 일부러 은자를 가지러 북산엘 와?"

궁비영이 고개를 갸웃한다. 맹의 흑성으로, 오죽노의 수하로 일하면서 딱히 그 많은 은자가 필요할 이유가 없었다.

"구룡대산 인근에 장원을 살 생각이라던데?"

"구룡대산 인근에?"

"웅."

"중가가 드디어 새 터전을 마련하려는 건가?"

"자, 이제 말해봐. 네놈들에게 무슨 일이 있었는지. 한 놈은 와서 다른 놈이 죽었다고 말하고, 그 죽었다는 놈은 이렇게 얼굴을 바꾸고 내 앞에 나타났으니 말이야."

그렇잖아도 천재적인 머리를 지닌 주남이다. 궁비영과 중광 사이에 심상치 않은 일이 벌어졌을 거란 건 이미 예상하고 있는 일이다.

주남의 질문에 궁비영이 쉽게 대답하지 못했다. 중광의 배신은 아직도 현실 같지 않다. 어쩌면 평생 극복하지 못할 일일 수도 있었다.

"말 안 할 거야?"

주남이 궁비영을 다그쳤다. 그러자 궁비영이 주남을 보며 물었다.

"무슨 일이 있어도 우린 친구지? 너와 나, 그리고 중광 말이야."

"그야 당연하지."

주남이 심각한 표정으로 말했다. 그러자 궁비영이 일부러 무심한 표정으로 말했다.

"녀석에게 야심이 생겼나 봐."

"음……."

주남이 침음성을 흘렸다. 그 한마디 말로 중광이 어떤 식으로든 궁비영을 배신했다는 것을 알아챈 주남이다.

"오죽노라고 알지?"

"당연하지."

무림이든 상계든 오죽노 혜간을 모르는 사람은 없었다.

"우린 오죽노를 위해 일했어."

"맹을 위해 일한 것이 아니고?"

같은 말일 수도 있지만 그 의미가 미세하게 다르다는 것을 주남은 알고 있다.

"처음엔 맹을 위한 일인 줄 알았는데 결국은 오죽노를 위한 일이었지."

"그래서?"

주남이 다시 물었다.

"구천맹에 흑성이란 존재들이 있어. 어둠 속에서 은밀한 일을 처리하지. 마천의 시대에 키워낸 흑성들 덕분에 구천맹은 마천을 물리쳤어."

"그런 일이 있었어?"

구천맹의 내막이야 아무리 주남이 똑똑해도 알 수 없는 일이다.

"응, 알고 보니 우리 아버지와 중 가주도 흑성이셨더군."

"그러셨구나. 어쩐지 행보가 제룡가의 움직임과는 좀 맞지 않는 면이 계셨지."

주남이 고개를 끄떡인다.

"아무튼 나와 중광도 사실 흑성이 되었다. 이곳을 떠나 삼 년 동안 흑성이 되기 위한 수련을 받고 강호에 나왔지. 그런데 이 흑성이란 것이 맹의 사람이라지만 사실은 오죽노에 의해 움직이는 조직이야."

"그런 감춰진 힘을 한 사람에게 맡기는 것은 위험한 일인데……."

"똑똑한 네놈은 그 이치를 벌써 알아채는데 구파의 수장들은 그걸 모르더라고. 아무튼 오죽노는 흑성을 이용해 자신의 야망에 도움이 되는 일을 여러 차례 해결했지. 그중 한 가지 일에 대해 아버지는 그의 반대편에 서신 모양이더라고."

"그럼 일을 당하신 것은 역시……?"

"오죽노와 제룡가주의 합의하에 일어난 일이지."

"아!"

주남이 나직하게 탄식을 흘렸다.

한동안 궁비영이 주남에게 그와 그의 아버지 궁도요에게 일어난 일들을 말했다.

흑성과 유령문의 존재 등 거의 모든 사실을 감추지 않고 말한 궁비영의 이야기가 끝났을 때 주남이 알지 못하는 사실은 이제 오직 두 가지뿐이었다.

하나는 궁비영이 유령문의 계명흑성이 되어 척담산을 죽인 사실, 그리고 두 번째는 중광 부자의 배신이었다.

"그래서… 넌 이제 유령문의 사람이 된 것이냐?"

걱정스런 표정으로 물었다.

"당분간은."

"당분간?"

"일이 끝나면 떠날 거야."

"일이란 건 복수냐?"

"음……."

궁비영이 고개를 끄떡였다. 그러자 주남이 한참 동안 궁비영을 바라보다 나직하게 물었다.

"그 복수의 대상에 중광이 포함되어 있는 거냐?"

묻고 싶지 않지만 물을 수밖에 없는 말이다. 주남의 질문에 궁비영이 아무 대답을 하지 못하다가 무겁게 한 번 고개를 끄떡였다.

"제길!"

궁비영이 동의하자 주남이 욕설을 흘려냈다. 그가 가장 마주하고 싶지 않은 현실과 마주한 것이다.

"중 가주와 녀석은 오죽노의 심복이 되었어. 북산을 떠나도 안전할 만큼 말이야. 동정호에서 녀석은 날 배신했지."

"망할 놈!"

"녀석도 어쩔 수 없었을 거야. 야심도 있었고, 이미 중 가주
가 일을 벌인 상태였으니까. 아버지를 거역할 놈은 또 아니잖
아? 말썽은 좀 피우지만."

"하긴… 그 우직한 놈이. 그래서 그렇게 표정이 어두웠군."

"그랬어?"

"좀 말랐더라고."

"망할 놈! 잘살기나 하지."

"다시 묻자. 녀석에게도 복수를 할 것이냐?"

"……."

"참아줄 수는 없는 일이냐?"

"아마 내가 참으려고 해도 녀석이 먼저 내 앞에 나타날 거
야. 언젠가 내가 살아 있다는 것이 알려지면 오죽노는 녀석을
움직여 날 상대하게 할 것이다. 내게 녀석이 약점이란 걸 알고
있을 테니까."

"그럼 넌 어쩔 셈이냐?"

"이 샌님 녀석아! 그걸 물어봐야 아냐? 날 몰라?"

궁비영이 퉁명스레 되물었다.

"제길, 네놈은 받은 건 반드시 돌려주는 놈이지."

"그리고 친구의 목숨을 남에게 맡길 사람도 아니고."

"그건 또 무슨 말이냐?"

"너 오죽노가 정말 광이 녀석 부자를 끝까지 책임질 거라고

생각하냐?"

"버릴 거란 말이냐?"

"필요하다면 그리될 거야. 두 사람은 아주 좋은 병기거든. 오죽노에겐."

"음……."

주남이 침음성을 흘렸다.

"운이 좋다면 죽이지는 않을 수도 있겠지. 그때를 위해 다른 곳에 살 곳을 마련해 봐."

"응?"

주남이 되물었다.

"살아도 다시는 무인으로 살 수 없을 테니까."

"무슨 말인지 알겠다. 그런데 북산엔 왜 온 거냐? 설마 내가 돌아온 것을 알았을 리는 없고."

"제룡가가 무너지는 것을 보고 싶어서."

궁비영이 말했다.

"제룡가가 무너져?"

"호랑이가 사라진 산에서 늑대들은 서로를 물어뜯게 되지."

"무슨 소리야? 호랑이가 사라지다니?"

"제룡가주가 죽었다."

"뭣?"

주남이 자리를 박차고 일어날 만큼 놀라 소리를 질렀다.

"내가 죽였다."

　　　　*　　　　*　　　　*

"그를… 믿으십니까?"

귀보전이 걱정스런 표정으로 물었다.

"녀석을 믿고 안 믿고의 문제가 아니라 제 자신에 대한 위로 같은 겁니다."

궁비영이 대답했다.

"그게 무슨……?"

"무조건 녀석은 내 편이라는 걸 제 스스로에게 강요하고 싶다는 겁니다. 그게 사실이든 아니든. 그리고 아마 그런 내 행동이 녀석을 내게서 벗어나지 못하게 할 겁니다."

"어째서 말입니까?"

"본래 그 녀석은 마음이 여리거든요."

"삼우향의 루주가 말입니까?"

"그렇습니다."

"믿기 어렵군요. 계명흑성께서 그를 만나는 사이 제가 알아본 바에 의하면 삼우향의 루주는 일 처리가 빈틈없기로 유명하던데. 본래 그런 사람은 마음이 독하지 않습니까?"

"그래서 더 여리지요. 그에게 친구가 있겠습니까? 나 말고?"

"예?"

"하나 남은 친구는 녀석에게 만금보다 소중할 겁니다. 내가 녀석에게 위로받고 싶어 하듯 녀석도 나처럼 위로가 되는 존재가 필요할 테니까요."

궁비영의 말에 귀보전이 아무런 말도 하지 못하고 침묵을 지켰다.

궁비영의 말을 이해는 하지만 현실의 냉혹함을 누구보다 잘 알고 있는 귀보전이다.

"괜찮아요. 녀석의 눈을 보았습니다."

"그건 또 무슨 말씀이십니까?"

"절 배신하지 않을 거란 말입니다."

"하지만 중광이란 사람도 믿지 않으셨습니까?"

"그 녀석은 좀 다르지요. 애초부처 무명(武名)을 떨치고 강호의 강자로 군림하고 싶은 마음이 강하던 녀석이에요. 단지 날 배신하면서까지 그 길을 갈 줄 몰랐던 것이지요. 하지만 주남은 다릅니다. 그 녀석은 장사치지만 사실 재물에 큰 관심이 없어요."

"그럼 장사를 왜 합니까?"

귀보전이 의아한 표정으로 물었다.

"가업이기도 하고 또 녀석에게 장사는 세상에 대한 녀석의 호기심을 해결할 수 있는 방책이지요."

"호기심이오?"

"녀석은 본래 책벌레였습니다. 하지만 나이가 들어 깨닫게 되었지요. 세상은 책으로만 깨우칠 수 없다는 것을. 그래서 세상 공부의 한 방책으로 장사를 하는 것입니다. 사실 그래서 더 믿는 겁니다."

"하긴 욕심이 없다면 믿을 수 있지요."

귀보전이 수긍했다.

"그리고 녀석은 큰 도움이 될 겁니다."

"친구시라면 이 일에 끌어들이지 않는 것이 좋을 텐데요. 위험한 일이지 않습니까?"

귀보전이 말했다.

"일단 내 사정을 들은 이상 가만히 있을 녀석은 아니지요."

"하지만……."

"걱정 마십시오. 세상 물정을 알게 된 이상 녀석은 오죽노도 속일 수 있을 테니까요."

궁비영의 말에 귀보전이 가만히 웃음을 짓는다. 아무리 친구이고 천재라지만 이제 갓 세상에 나온 애송이 장사꾼을 어찌 오죽노에 비할까 싶은 모양이다.

그러자 궁비영도 빙그레 미소를 지으며 다시 말했다.

"이제 곧 녀석의 무서움을 알게 될 겁니다."

*　　　*　　　*

이틀 전부터 먹구름이 몰려오나 싶더니 기어코 북산에 함박눈이 내리기 시작했다.

장사치들은 서둘러 길에 내어놓은 물건들을 정리했고, 길을 떠나야 하는 사람들은 일정을 앞당겨 북산을 떠났다. 눈이 오는 모양새가 심상치 않았기 때문이다.

북산 인근에 사는 사람들은 겨울이 되면 항상 긴장하면서 하늘을 보곤 한다.

몇 년에 한 번씩 잊을 만하면 북산에 폭설이 내렸다.

그렇게 되면 며칠간 세상과 길이 끊기곤 하는데 그때마다 장사치들은 큰 손실을 입었고, 길 떠나야 하는 자들은 며칠씩 발이 묶이게 마련이었다. 그런데 이번에 내리는 눈이 바로 그 폭설의 모습을 보이고 있었다.

눈이 내리기 시작한 지 채 하루가 지나기 전에 눈이 사람들의 발목 위로 쌓였다. 그리고 그다음 날 아침 사람들은 무릎으로 눈을 밀며 걸음을 옮겨야 했다.

그런데 그날 아침 꼼짝없이 발이 묶인 북산 주변의 사람들에게 충격적이 소식이 전해졌다.

그 누구도 예상치 못했고 그 누구도 감당하기 쉽지 않은 소식, 북산의 사자 제룡가주 척담산이 죽었다는 소식이었다.

"너무 조용하군요."

동왕 귀보전이 객방의 창을 열고 눈 덮인 북산을 보며 말했다.

"모든 준비가 끝났다는 말이겠지요. 역시 그들의 선택은 대공자 척황이군요."

궁비영이 대답했다.

"이건 예상과는 다른 것 아닙니까?"

"뭐 생각보다 대부인의 능력이 훨씬 뛰어난 모양이지요."

"제룡가가 빠르게 안정을 찾을 수 있겠군요."

이건 유령문이 원하는 바가 아니다. 유령문은 척담산의 죽음으로 제룡가가 혼란에 휩싸이기를 원했다. 그리고 그 혼란이 구천맹으로 번져 구천맹에 유리하던 마천과의 싸움이 백중세로 돌아서길 원했다.

그런데 그들의 기대와 달리 척담산의 죽음이 전해진 오늘 아침 북산은 지나치게 조용했다.

"눈이 세상을 덮고 있을 때는 모든 것이 깨끗해 보이지요. 그러나 눈이 녹으면… 그 아래에 숨어 있던 더러움이 드러날 겁니다. 외려 눈이 오기 전보다 더 흉한 모습으로 말이지요."

"그러나 대부인의 능력이 그리 뛰어나다면 이 고립무원의 시간이 외려 제룡가에 큰 도움이 될 것입니다. 세상에 이 소식이 알려지고 누군가가 달려왔을 때는 모든 일이 정리되어 있겠지요."

"오직 하나의 경우에만 그렇지요."

"……?"

귀보전이 궁비영을 바라봤다.

"새로운 가주의 형제들이 반항할 힘이 없을 때 말이지요."

"지난번에 말씀하셨듯이 척담산의 죽음을 알렸다는 것은 새 가주 척황이 제룡가의 모든 권력을 장악했다는 뜻이 아니겠습니까?"

귀보전이 물었다.

"세상일에는 항상 변수가 있게 마련이지요."

"그렇기는 하지만……."

"하루만 더 기다려 보지요."

궁비영이 가벼운 미소를 지으며 말했다.

하루가 지났을 때 눈은 사람들의 허벅지까지 올라왔다. 북산은 더욱더 세상에서 고립됐다. 그 눈길을 뚫고 한 사내가 조심스레 객잔에 들어섰다.

그는 궁비영 등을 찾아 한 장의 서찰을 전해주고 다시 눈 속으로 사라졌다. 천하가 눈에 덮였으니 북산 일대에서 활동하는 세작들의 움직임도 멎은 시간, 궁비영에게 사람이 다녀간 것을 눈여겨보는 사람은 없었다.

"닷새 뒤에 들어가 볼 수 있겠습니다."

사내가 다녀간 후에 궁비영이 말했다.

"무슨 말씀이신지요?"

동왕 귀보전이 물었다.

"녀석이 초대를 받았다는군요."

"친구분 말입니까?"

귀보전의 묻자 궁비영이 고개를 끄떡였다.

"누구의 초대입니까?"

"척벽의 초대라는군요."

"척벽이라…… 특별한 일일까요?"

"척담산의 장례식이 닷새 뒤에 끝납니다. 그 직후에 척황의 가주 즉위식이 열리겠지요. 그사이 며칠 시간이 있을지 모르지만 일을 벌이려면 그 안에 벌여야 할 겁니다."

"설마 척벽이 일을 벌일 것이라 보십니까?"

"앉아서 제룡가의 권력을 빼앗기지는 않을 것 같습니다. 그래서 주남을 부른 걸 겁니다."

"이해가 가지 않는군요."

"……?"

"척벽이 일을 벌인다면 결국 무력으로 제 형을 제압하겠다는 이야긴데, 그 일에 왜 친구분이 필요한 겁니까? 친구분은 똑똑하기는 하나 무공이 뛰어난 것은 아니지 않습니까?"

"그렇지요. 보통의 경우라면 주남을 찾을 일이 없지요. 그러나 한 가지 경우에는 다릅니다."

"……?"

"주남에게 세상모르게 은밀히 쓸 칼이 있다면 말입니다. 그 것도 아주 치명적인 칼 말이지요."

궁비영의 말에 동왕 귀보전이 놀란 표정을 지었다.

"무공을 숨기고 있었습니까?"

귀보전의 질문에 궁비영이 고개를 저었다.

"무공이 아니라 무인을 숨기고 있다고 해야지요."

"아, 세상모르게 무인들을 데리고 있었군요. 하긴 상계의 일을 하자면 간혹 무력이 필요한 때도 있지요."

"척벽은 아마도 기습을 노릴 겁니다. 그 길밖에는 방법이 없지요. 그러나 제룡가 내에서는 그를 도울 사람을 찾기 어려울 겁니다. 이미 척황과 그를 가주로 세운 삼당의 당주들이 제룡가의 권력을 장악했을 것이고, 설혹 여전히 척벽을 따르는 자들이 있다 해도 그들의 행적은 낱낱이 척황의 감시를 받고 있을 테니까요."

궁비영의 말에 귀보전이 고개를 끄떡였다.

"그렇군요. 결국 외부의 힘이 필요하단 것이군요."

"맞습니다. 하지만 척벽은 운이 없었지요. 폭설이 그의 발을 묶었으니까요. 필시 그 야심 많은 자는 이런 경우를 대비에 외부에 자신을 도와줄 조력자들을 준비해 두었을 겁니다. 그는 예전부터 재물을 모으기에 혈안이 되어 있었습니다. 스스로 도박판을 만들 정도로 말입니다. 그 재물로 뭘 했겠습니까? 은밀히 북산 내외에 자신의 세력을 키웠겠지요. 하지만 지금은 외부의 힘을 쓸 수 없지요."

"땅을 칠 일이겠군요."

귀보전이 혀를 찬다.

"시간은 가고 길은 막혔고, 다급한 그는 지푸라기라도 잡으려 할 겁니다. 평소에는 안중에도 없던 주남의 무력조차 쓰고 싶을 겁니다."

"둘 사이에 인연이 있었던가요?"

"주남이 북산으로 돌아온 이후 제룡가의 삼형제가 그를 번갈아 찾았다고 하더군요. 주남이 막대한 부를 축적했다는 소문을 들은 거지요. 거기에 더해 녀석은 북산을 떠나기 전부터 천재로 소문이 자자했으니까 여러모로 곁에 두고 싶은 사람이지요."

"음, 위험한 일이군요."

귀보전이 어두운 표정으로 말했다.

"그렇지요. 그래서 녀석은 서둘러 북산을 떠날까도 고민하고 있었다고 하더군요. 하지만 이젠 달라졌지요."

"어떻게 말입니까? 권력 쟁투가 더 극심해졌으니 더 위험한 것 아닐까요?"

"보통의 경우라면 그렇지만 주남은 다르지요. 난국에서 오히려 묘수를 찾을 수 있는 녀석이니까 말입니다. 아무튼 우리도 주남 녀석과 장단을 맞춰야 할 것 같습니다."

"......?"

"녀석과 함께 척벽을 만나볼 생각입니다."

"그건......!"

귀보전이 눈을 크게 뜬다. 위험한 일이라는 뜻이다.

"주남에게 우리와 같은 사람들이 있다는 것을 보게 된다면 척벽은 반드시 일을 도모할 겁니다."

"그렇기야 하지요."

"일을 끝내는 것은 우리가 아니라 그들 형제 자신이 되겠지요."

궁비영이 차갑게 말했다.

시간은 빠르게 지나갔다. 폭설 속에서도 제룡가는 척담산의 장례를 묵묵히 치러냈다. 주인을 잃은 자들의 우울함이 무겁게 북산에 드리워져 있다.

그런데 거짓말처럼 시간이 모든 것을 해결했다. 폭설이 그쳤다. 공교롭게도 척담산이 장례가 끝난 그날 폭설이 그쳤다.

그리고 척황의 가주 즉위식이 결정됐다. 시간은 다시 칠 일. 그 칠 일 동안 제룡가는 폭설을 뚫고 세상에 새로운 가주의 탄생을 알릴 것이고, 북산 인근의 문파들은 천하를 덮은 눈길을 뚫고 척황의 가주 등극을 축하하기 위해 날아서라도 와야 할 터였다.

그리고 그즈음 마음이 급해진 척벽이 서둘러 주남을 찾았다.

"그가 알아보지 않겠습니까?"

문득 주남과 궁비영 뒤에서 변복을 하고 걷고 있던 귀보전이 물었다. 그는 여전히 궁비영이 주남을 따라 척벽을 만나러 가는 것을 반대하고 있었다.

"내 얼굴도 몰라본 그입니다. 걱정할 필요 없습니다."

궁비영 대신 주남이 대답했다.

"그가 널 몰라봤어?"

궁비영이 의외라는 듯 주남에게 물었다.

"그러더라고."

"저런, 자기가 만든 노름판에서 집안을 말아먹은 놈을 몰라보다니… 쯧쯧."

궁비영이 혀를 찼다.

주남과 함께 있을 때 궁비영은 유령문의 계명흑성이 아니었다. 그는 그저 주남의 옛 친구일 뿐이었다.

"그자가 노름판에 직접 왔던 것은 아니니까."

"하지만 자기가 뺏으려 하던 점포의 주인이 누군지는 알 것 아니냐?"

"후후, 그게 오만한 자들의 약점이지. 미천한 자들을 기억하지 못하거든. 그러니까 너도 알아보지 못할 거야."

"솔직히 십팔외가의 후예가 미천한 자는 아니지."

궁비영의 말에 주남이 키득키득 웃음을 흘렸다.

"왜 웃어?"

"언제는 무노(武奴)라면서 그렇게 북산을 떠나려 한 네가 아니냐?"

"흐흐, 듣고 보니 그러네."

"아무튼 지금 북산에서 널 알아볼 사람은 없어. 예전 망나니 모습은 찾아볼 수 없는걸. 더군다나 지금 모습은 더더욱 예전의 너와 달라. 제법 무서운 살수의 티가 나."

주남의 말에 궁비영이 농을 하듯 대답했다.

"티가 나는 것이 아니라 사실 세상에서 가장 무서운 살수지."

"......?"

무심코 궁비영이 한 말에 주남이 놀란 표정으로 궁비영을 바라보았다.

"이 자식, 뭘 그렇게 놀라? 그냥 그렇다는 거지. 자, 이제부턴 조심하자고."

자신의 실수를 깨달은 궁비영이 얼른 말머리를 돌렸다. 그러자 주남이 다시 질문을 던지려다 말고 입을 닫았다. 일행이 어느새 제룡가의 정문 앞에 당도해 있었던 것이다.

"누굴 찾아왔소?"

제룡가의 무사가 위압적으로 물었다.

"삼우향의 루주요."

주남이 조금 도도한 표정으로 대답했다. 본래 대접을 받으려면 그에 맞게 행동하는 것이 필요한 법이다. 더군다나 그를 부른 사람이 삼공자 척벽이니 경비무사 따위는 안중에도 없어야 한다.

"아! 그러시군요. 삼공자님의 당부가 계셨습니다. 따라오시지요."

경비무사가 얼른 고개를 숙이며 말했다.

"어디 계시오?"

"처소에 계십니다."

"원 참, 성미도 급하시지. 상 치른 지가 어젠데⋯⋯."

주남이 짐짓 혀를 찼다.

"가시지요."

경비무사가 주남의 걸음을 재촉한다. 아마도 척벽으로부터 단단히 명을 받은 모양이다.

"갑시다."

주남이 고개를 끄떡이고는 경비무사의 뒤를 따르기 시작했다.

"외인을 불러들여?"

척황이 살짝 아미를 모으며 물었다.

"그렇습니다. 방금 전 들어왔답니다."

"누굴 불렀지?"

척황이 다시 물었다. 그러자 척황의 오랜 심복이자 북산청룡기의 절정고수 우채가 대답했다.

"삼우향의 루주를 청했다고 합니다."

"삼우향의 루주? 주남이라는 자?"

"그렇습니다."

우채가 대답하자 척황이 비릿한 미소를 짓는다.

"그자가 제법 똑똑한 척을 하더니 이제 보니 어리석은 자가 아닌가?"

"왜 그리 생각하시는지요, 대공자?"

척황에게 질문을 던진 자는 현재 제룡가를 실질적으로 장악하고 있는 삼 인 중 한 명인 지금당주 표유매다. 그는 제룡가의 재정을 총괄하는 자리에 있는 자이므로 사실 외부보다는 제룡가 내부에서의 평가가 훨씬 높은 인물이었다.

"제대로 된 장사꾼이라면 물이 어느 쪽으로 흘러가는지 읽어야 하는 것 아니겠습니까? 이미 본가의 주인이 정해진 마당에 셋째를 만나 무엇을 하겠습니까? 괜한 의심만 받을 뿐이지."

그러자 표유매가 빙그레 미소를 지었다.

"그 아이는 무척 똑똑한 아입니다."

표유매는 주남을 그 아이라고 불렀다. 아마도 주남이 북산 출신이기에 그리 부르는 것일 터였다.

"지난번에도 그러시더니 또 그런 말씀을 하시는군요. 별로 대단찮아 보이던데요."

"대공자, 대공자께서는 이 사람을 어찌 보십니까?"

"그게 무슨 말씀이십니까?"

"제가 대공자께 얼마나 필요한 사람인지 여쭌 것입니다."

"그야 당연히 지금당의 당주시니 제룡가에 반드시 필요한 분이시지요. 당주께서 계시지 않는다면 제룡가는 단번에 흔들릴 것입니다. 사람은 먹고사는 문제가 가장 중요한 법이지요."

척황이 최대한 표유매를 공경하는 듯한 모습을 보였다.

"맞습니다. 먹고사는 문제처럼 중요한 것은 없지요. 그럼 다시 여쭙겠습니다. 제가 얼마나 더 살겠습니까?"

"어찌 그런 말씀을……?"

척황이 당황한 표정을 짓는다. 그러자 표유매가 웃으며 말했다.

"내 나이 벌써 일흔에 가까워졌습니다. 아마 앞으로 십 년이면 더 이상 제룡가의 일을 보지 못하겠지요. 그럼 그 이후에는 제룡가의 살림을 누가 맡을 수 있겠습니까?"

"그야… 음, 지금당에서 성장한 노련한 자를 쓰면 되겠지요."

척황이 자신 없는 말투로 말했다.

"간혹 강호의 큰 문파들이 큰 실수를 하는 것이 있지요. 그건 무림세가라 하여 가문의 재정에 소홀히 하는 것입니다. 그러나 수백 년을 이어온 명문의 경우에는 다릅니다. 그들은 언제나 가문의 재정에 세심한 관심을 기울이고 최고의 인재를 뽑아 그 일에 투입합니다."

표유매가 마치 가르치듯 척황에게 말했다.

"당주님의 말씀, 명심하지요. 그런데 그 일과 삼우향의 루주가 무슨 관계가 있습니까?"

"전 그를 제 후계자로 삼을 생각이었습니다."

"그자를요?"

척황이 놀란 표정으로 되물었다.

"그렇습니다. 가주께서 돌아오시면 그 일을 말씀드리려 했지요."

"그렇게까지 뛰어난 자인가요?"

"어려서부터 소문난 천재입니다. 그리고 지난 몇 년간 강호에서 경험을 쌓았지요. 그 나이에 그가 이룬 부는 결코 만만한 것이 아닙니다. 더군다나 그 모든 것을 능가하는 장점이 하나 있지요."

"그게 무엇인가요?"

척황이 궁금한 표정으로 물었다.

"그 아이는 욕심이 없습니다. 장사치가 물욕이 없다면 이상한 말이지만 그 아이는 그래요. 하니 그 아이에게 제룡가의 재정을 맡기면 사사로이 욕심을 차리는 일이 없을 겁니다. 사사로운 욕심이 없다면 그런 자는 믿고 쓸 수 있지요."

표유매의 말에 척황이 처음으로 심각한 표정을 지었다. 듣고 보니 불쑥 주남에 대해 욕심이 생기는 모양이다.

"그를 다시 불러볼까요?"

척황이 물었다.

"좋은 그림은 아니지요. 삼공자를 만나러 온 자를 다시 부른다는 것은."

"그렇긴 하군요. 그런데… 셋째는 왜 그를 부른 걸까요? 설마 무슨 일을 도모하려는 걸까요?"

"그야 모를 일이지요."

"하지만 그가 뛰어난 재사라고는 해도 무인이 아닌데……."

척황이 보기에 위협이 될 사람이 아니라는 말이다.

"계책을 내놓는 것만으로도 삼공자에겐 큰 힘이 될 겁니다."

"그럼 더더욱 그를 불러야 하지 않겠습니까? 그를 불러들이면 셋째도 감히 일을 도모할 생각을 못할 테니까요."

척황이 조급한 표정으로 말했다. 그러자 표유매가 고개를 저었다.

"일을 꾸미겠다면 그냥 놓아두는 것도 좋겠지요. 어차피 한 번은 본보기를 보여줄 필요가 있으니까요."

"음, 그렇기는 하지만 셋째를 죽일 수는 없습니다. 그 약속을 하고 어머니의 인가를 받았으니까요."

"죽일 필요야 없지요."

"…하긴 그렇군요. 무공을 거두는 정도라면. 반란을 일으킨 것에 대한 벌로 어머니도 수긍하실 겁니다."

척황이 고개를 끄떡인다.

"한 번 일을 치르고 나면 대공자께 역심을 품는 자는 더 이상 없을 겁니다."

"둘째는요?"

"이공자께서야 오로지 무공에만 관심이 있을 뿐이지요."

"하긴 그렇군요."

"부르는 대신 은밀히 사람을 보내 그를 만나보겠습니다. 아니, 제가 직접 가지요."

"삼우향의 루주 말입니까?"

"그렇습니다. 그에게 기회를 줄 생각입니다."

표유매의 말에 척황이 고개를 끄떡였다.

"듣다 보니 저도 그에게 욕심이 나는군요."

"그에겐 아마도 선택의 여지가 없을 겁니다."

"좋은 방도가 있으십니까?"

척황이 잔뜩 기대한 표정으로 물었다.

"목숨을 두고 하는 거래. 그 아이는 아마도 처음 겪는 일일 겁니다."

"그렇다면……?"

"뛰어난 자는 항상 그 재주로 인해 목숨을 잃지요. 대공자님 모시기를 거부한다면 그 아이의 목숨을 거두겠습니다. 이미 제룡가와 인연을 맺은 인물, 대공자의 사람이 아니라면 위험한 녀석이지요. 화근을 살려둘 필요가 없습니다."

표유매의 말에 척황이 두려운 듯하면서도 믿음직한 표정으로 말했다.

"맞습니다. 당주님의 말씀이 백번 옳아요. 내 사람이 아니라면… 베어야지요."

『검은 별』 6권에 계속…

문용신 新무협 판타지 소설

FANTASTIC ORIENTAL HEROES

한량 아버지를 뒷바라지하며
호시탐탐 가출을 꿈꾸던 궁외수.

어린 시절 이어진 인연은
그를 세상 밖으로 이끄는데……

"내가 정혼녀 하나 못 지킬 것처럼 보여?"

글자조차 모르는 까막눈이지만,
하늘이 내린 재능과 악마의 심장은
전 무림이 그를 주목하게 한다.

"이 시간 이후 당신에겐 위협 따윈 없는 거요."

무림에 무서운 놈이 나타났다!

The Record of

Dragon's Return
재중 귀환록

푸른 하늘 장편 소설
FUSION FANTASTIC STORY

『현중 귀환록』, 『바벨의 탑』의
푸른 하늘 신작!
이계를 평정한 위대한 영웅이 돌아왔다!

어느 날 갑자기 찾아온 부모님의 죽음.
그리고 여동생과의 생이별.
모든 것을 감당하기에 재중은 너무 어렸다.
삶에 지쳐 모든 것을 포기할 때, 이계에서 찾아온 유혹.

"여동생을 찾을 힘을 주겠어요.
대신 나를 도와주세요."

자랑스러운 오빠가 되기 위해!
행복한 삶을 위해!

위대한 영웅의
평범한(?) 현대 적응이 시작된다!

Book Publishing CHUNGEORAM

유행이 아닌 자유추구 -
WWW.chungeoram.com

용마검전
FANTASY FRONTIER SPIRIT
김재한 판타지 장편 소설

「폭염의 용제」, 「성운을 먹는 자」의 작가 김재한!
또다시 새로운 신화를 완성하다!

『용마검전』

사악한 용마족의 왕 아테인을 쓰러뜨리고
용마전쟁을 끝낸 용사 아젤!

그러나 그 대가로 받은 것은 죽음에 이르는 저주.
아젤은 저주를 풀기 위해 기나긴 잠에 빠져든다.

그로부터 220년 후…….

긴 잠에서 깨어난 아젤이 본 것은
인간과 용마족이 더불어 살아가는 새로운 세상이었다.

Book Publishing CHUNGEORAM

유행이 아닌 자유추구 -
WWW.chungeoram.com